ZUN

PLANTA ORAÇÃO

CALILA DAS MERCÊS

Graveto é que derruba panela.
MÃE STELLA DE OXÓSSI

aos que adubam com fogo.
aos que plantam e colhem resistências por escrito ou em silêncio.
aos que conseguem ser árvore e terra ao mesmo tempo.

15
limoeiro

25
jambeiro

33
pé de milho

41
jabuticabeira

47
castanheira

55
umbuzeiro

63
mandacaru

69
ipê

77
algas marinhas

83
caramboleira

91
goiabeira

99
coqueiro

107
planta de oração

113
dendenzeiro

123
**nogueiras, pereiras,
moreiras, oliveiras**

131
sumário-floresta

terra terra terra terra terra terra terra
terra semente terra terra terra terra
terra terra terra semente terra terra
terra semente terra terra terra terra
terra terra terra terra terra terra terra
terra terra terra terra terra terra terra
terra terra terra terra terra terra terra
terra terra terra terra terra terra terra
terra terra terra terra terra terra terra
terra terra terra terra terra terra terra
terra terra terra terra terra terra terra
terra terra terra terra terra terra terra
terra terra terra terra terra terra terra
terra terra terra terra terra terra terra
terra terra terra terra terra terra terra
terra terra terra terra terra terra terra
terra terra terra terra terra terra terra
terra terra terra terra terra terra terra
terra terra terra terra terra terra terra...

limoeiro

Chegou mijada de novo. Eu não aguento mais lavar lençol de mijo e agora é a farda, as meias, o tênis. Minha Nossa Senhora das Candeias! Que menina xixilada é essa? Perdeu a xuxa de novo, agora vou ter de pentear esse gregueté novamente. O cabelo é para deixar arrumado, tá escutando? Tá com o ouvido onde que me acabo de falar e você não ouve? Deve ficar lá pinotando na escola, que nem gente sem modos, por isso perde a xuxa. E agora é mijando na roupa. Era só o que me faltava. Ainda bem que tá sol e vai secar logo. Colocar desse lado aqui do limoeiro, porque na volta tiro e já passo pra não tá por aí igual a filho de gente desmantelada. Eu não gosto de andar desmantelada. Cê já me viu andar desmantelada? Já era pra eu ter ido na casa de Dona Lindalva pra pegar o dinheiro da revista, levar a da campanha nova e avisar que vou colocar a caixa da campanha de agora só na próxima semana. Sair agora por causa de roupa de mijo de gente descarada. Deus, tenha piedade de mim! Na volta a gente se acerta. Não pense que vou me esquecer, não.
Deixa eu ver aqui com Dona Luzia.
Dona Luziaaaa, ô minha véia, cê passa o olho aqui nessa menina enquanto vou ali na rua? Cê fica quieta, viu. Na

volta a gente se acerta desse mijo na roupa. Fique aí nessa lambança toda de brincadeira de terra. Não vai sair daí agora porque eu tenho que ir na rua. Na volta é banho e a gente se acerta. Só quer saber de ficar debaixo do limoeiro perto do Cágado. Nunca vi. E Dona Luzia, qualquer coisa pode chamar a atenção, viu.

A menina já sabia a brincadeira do céu, a mágica do pé de pinhas que dava frutas cheias de botões por fora e docinhas por dentro com caroços pretinhos, do Cágado que só comia folhas e cagava, de Boto que não latia de dia e só comia resto de comida e vivia sossegado. Sabia as cores das coisas.

Bolo de terra, com cobertura de folhas pro Cágado! Bolo de terra com ossinho do meu almoço pro Boto! Bolo de terra com florzinhas pra Dona Luzia e bolo de terra de dois andares pra mim. Chá de água com folha de limão pra todo mundo. Dona Luzia, a senhora quer comer o bolo do aniversário do Cágado com chá de água com folhas de limão?
   1
   2
   3
   4
   5
   6
   7
   8

Estava branca. Branca de pó de giz.
Foram oito marretadas na cabeça com o apagador de quadro negro que era verde. Oito. XVIII. Oito. Foi no oito. Oi-to.

o-it-o! Fui até o oito! Oito é uma bola em cima da outra, sabia? São dois ós pequenos um em cima do outro, os dois ós de oito formam 8, duas gudes grudadinhas. E o S, é igual uma cobrinha do meu sonho.

Já sabe contar até dez. É sabida essa menina! Igual ao pai. Nessa idade ele também já contava.

A avó Corina se amostrava contando pra toda rua que a menina tinha cabeça boa pra estudo e que sonhou até com a cobra que deu terça-feira no jogo do bicho.

Deus te faça feliz, minha fia!
Vó, Deus é tão poderoso pra fazer os outros felizes?
Deus é, minha filha! Tem que rezar para ele todo dia.
Como é que Deus vai me fazer feliz se ele não me conhece?
Deus te conhece. Como é que é: com Deus eu me deito com Deus eu me levanto, na graça de Deus e do Espírito Santo. Três vezes, depois da oração do Santo Anjo. Antes de deitar. Nunca esqueça.
Vó reza de folha tira olho grosso, é?
Sim, minha filha. Tira os males de olho grosso, dor de cabeça, quebrante, mau olhado, tudo de ruim, te deixa sadia.

Me reza, vó. Minha cabeça tá doendo.
Vamos, antes que o sol baixe e sua mãe volte. Ela disse que hoje ia na casa de Dona Lurdinha levar a revista, já deve estar voltando. Me falou que ia apertar minha saia ainda hoje pra eu ir no batizado da neta mais nova de Dona Lulu.

1-2-3-4-5-6-7-8-9

   Estava branca. Branca de pó de giz.
   Foram nove marretadas na cabeça com o apagador de quadro negro que era verde.

Mocinha forte não chora. Deixa eu ver você. Venha para eu te limpar, meu amor, mas você já está toda molhada. Fique aí sentadinha que a pró vai ali e já volta. Não chore, já passou.

A pró colocou Jojó de castigo, e disse que eu era uma mocinha porque não chorava, mas o xixi desceu no número cinco, Cágado. Não consegui segurar. Jojó tem uma franjinha que parece da Sandy. Mainha disse que não posso ter franja, só trancinhas balançantes, ó! Jojó disse que não pode brincar comigo porque meu cabelo de molinha é feio e eu tinha pele de terra pisada. Eu disse a ela que mainha passa alfazema em mim, lava meu cabelo com sabão de coco, que coloca minhas roupas pra quarar, que painho engraxa meus sapatos, que ando bem limpinha, que só fico suja quando brinco de fazer bolo de terra e faço xi... Acho a terra tão bonita, marronzinha, essa que mainha plantou o morango é mais escurinha, igual a vó Corina, e você não pode ver, Cágado, porque senão você vai comer o moranguinho verde que é meu. Será que se fizer franjinha Jojó vai brincar comigo? Será que acho a tesoura? Cor de terra é feia, Cágado? Mainha disse que tesoura é coisa de adulto.

Roberto, a menina fez xixi de novo. Me fazendo passar vergonha todo dia na escola. Costuro tanto, me acabo. Já não vê a labuta que é vender essas revistas para inteirar dinheiro pra comprar as coisinhas dela, e agora é mijo em lençol, mijo na farda, eu tô é cansada demais. Agora todo dia tenho que botar a roupa de mijo de molho pra depois lavar, enxaguar. E esses dias nublados? Deixar na estiagem de olho na chuva que vem. Ainda correr, colocar atrás da geladeira pra amanhã cedo, e ainda passar pra essa sem-vergonha vestir. Não sei a quem puxou desse jeito. A *herança* que não presta pega logo.

Painho nem veio brincar comigo hoje, depois que tirei os sapatos dele, Cágado. Tive que contar o um-dois-feijão--com-arroz-três-quatro sozinha. Deve tá triste que fiz xixi no *short* e escorreu nas meias e no sapato que ele engraxou, mainha disse que tá cansada. O que será que é herança? Você sabe, Cágado? Só tenho quatro meias. Um, dois, três, quatro meias. Meia também é seis, sabia? Juninho que me disse. Será que pode dizer que calça seis também? Bom sonho, Cágado, peça a Deus para te proteger.

Ele conhece todo mundo que vovó Corina disse. Reze igual te ensinei viu, três vezes. Mainha tá dizendo pra eu ir escovar os dentes pra dormir.

Cágado! Cágado! Acorda! Ele riu, Cágado, ó. Quando passei alfazema no pescoço dele e dei um beijo no rosto. Vou pra escola! Acho que ele não tá triste comigo não. Se comporte, viu. Olhe os modos.

um dOis
Três
quatro, cINco SeiS
sete OitO
nOve
DEZ

O xixi foi no três. No que tem chapeuzinho. Porque. Dessa vez Jojó parecia que. Queria que o pó me pintasse toda pra eu poder ser amiga dela. Não deu certo, Cágado! Fiquei com o cabelo igual de vó Corina. Minha cabeça virou ioiô. Igual a sua cabeça, Cágado, que fica indo e voltando. Será que a sua dói o tempo todo também? Cadê você? Vem pra fora! Deixa eu te dar uma folhinha, venha, que. Já vou entrar. Não vou cantar hoje. Pra você. Porque estou doendo!

Que cabelo sujo é esse, menina? Passe aqui, que cê vai tomar uma pisa agora! Você perdeu as xuxas de novo foi? Chega da escola e vai direto pro limoeiro ficar procurando história com os bichos. Passe aqui. Venha logo! É eu comprando, colocando as coisas e você perdendo. Venha, passe aqui, senão vai ser pior. Trabalhando dia e noite pra te dá escola boa e você fica procurando descaração. Minha Nossa Senhora das Candeias, olha esse cabelo! Toda foveira, parecendo que num dou banho, num arrumo. Está se esfregando no chão é? Porque esse mijo todo dia no *short*, tá pensando que sou sua empregada é, sinha negrinha? Passe aqui. E tá chorando por que? Engula, viu! Ainda não te bati pra você estar chorando.

Mainha. É que. Eu não. Consegui. Segurar no três. Eu sei. Não vou. Chorar. A pró disse. Que mocinha. Não. Chora.

água água terra terra terra terra terra
terra terra terra terra terra terra terra
terra terra raiz raiz terra terra terra terra
terra terra raiz terra terra terra terra
terra terra raiz raiz raiz terra terra terra
raiz raiz terra terra raiz raiz terra raiz
terra terra terra terra terra raiz terra
terra terra terra terra terra terra terra
terra terra terra terra terra terra terra
terra terra terra terra terra terra terra
terra terra terra terra terra terra terra
terra terra terra terra terra terra terra
terra terra terra terra terra terra terra
terra terra terra terra terra terra terra
terra terra terra terra terra terra terra
terra terra terra terra terra terra terra
terra terra terra terra terra terra terra
terra terra terra terra terra terra terra
terra terra terra terra terra terra terra...

jambeiro

para Gê, agora uma arraia no céu.

Se eu pegar você me chupa? Só se o jambo for grande e doce, porque os de ontem estavam sem gosto.

Eu era um menino. Eu não queria ser menino. Eu não queria ser menino. Daquele jeito não. Mas eu era um menino. Queria parar de ser um menino, às vezes. Até tentei, mas, eu já era um menino, muito menino mesmo. Não igual a eles.

As meninas ficavam me olhando e eu tinha medo das mães delas brigarem comigo, porque eu era um menino. Desviava logo o olhar quando elas me cumprimentavam, me observavam. Não sei se as meninas reparavam que eu era um menino, ou se me olhavam como uma esquisitice ambulante de pernas de pinça e corpo de bambu com aqueles cabelos de fogo meio alisados amarrados com as pontas cotós. Às vezes eu metia um gel pra ficar bem esticado mesmo. Quando não conseguia ele virava um sol. O povo dizia que era uma mata.

Quatro quartas e quatro quintas daquele verão.

Se eu pegar você me chupa?
Eu queria dizer que só se o jambo fosse doce, mas eu ba-

lançava a cabeça meio que concordando. Eu ia. Era uma tentativa de me libertar dos berros de mainha e também do falatório da rua. Pessoal dizia que mainha não colocava cabresto em mim direito. E que eu andava solta, solto sem rumo. E que talvez fosse culpa de painho, que pessoal dizia ser o dono na oficina de bicicleta da esquina. Outros diziam que era um carioca sarabaio que veio, esteve uns dias com mãe, levou suas economias da época dizendo que ia lhe fazer uma surpresa e nunca mais retornou. Pessoal dizia que mainha tinha endoidado por isso. Agora é crente de pedra por um Jesus que não é Jesus.

Quatro quartas e quatro quintas daquele verão. Ali no muro do quintal de Doutora Doralina. Casa vazia, e era Rubens, o Rubinho, que tomava conta. Dava comida e água pros cachorros, e molhava as plantas quando ela ia pra Salvador atender e só voltava na sexta-feira. Ficava ali perto do campo que a gente jogava. Ele tinha a chave do portãozinho azul dos fundos. Atrás do muro dava pro ponto de van, pra pista, pra rua. De dentro do muro tinha o jambeiro. Ponto de referência de geral. Para aí, motô, no jambo! Motorista, pode parar no jambeiro? Aí no jambo! Em Doutora Doralina, motorista. Aí motô no pé de jambo! O povo pedia. E foi ali atrás.

Rubinho, Renato, e às vezes, Peteleco no fim do baba se despediam do pessoal e diziam que iam arrancar jambo. Me chamavam. Eu ia.
A sirene da fábrica de fumos ali perto tocava quatro vezes.

Quinze para as cinco, eu já estava atrás do muro. Às vezes via o jambeiro, às vezes era com a cara no muro mesmo. Escutava passos de gente do outro lado. Não escutava nada. Cinco horas tocava de novo. Quinze para as seis, seu Zé Mingau passava. Olhómingau-milhocozido, canjiquinha feita com carinho! Olhómingau! Já subia o *short*. Quando tocava seis já tínhamos saído do portão, catava uns jambos e levava. Os meninos achavam que iam me salvar. Eu também. Me salvar de ser igual a eles, de que eu pudesse ter outro fim que não aquele de ser menino. Mas eu ia me tornando mais menino. Não igual a eles.

Quatro quartas e quatro quintas daquele verão. Era muito crua, cru. O céu parecia pegar fogo, enquanto eu encostada, encostado com meu rosto no muro sabia que por dentro estava crua, cru. Não sabia como dizer, porque eu nunca sabia o que dizer a eles no outro dia. Eles passavam, cuspiam no chão, erguiam a cabeça. Vai no baba hoje, né? Vamos arrancar jambos. E nem sempre me davam os jambos, eu catava alguns do chão.

Outras vezes ficava lá sentada, sentado com meus jambos que eu arrancava, comendo. Deixava uns pra mainha, dava outros pras meninas de Dona Jussara quando estavam melhorzinhos.

Outro dia ia empinar minhas arraias no céu, e eu era melhor que eles. Tremia um pouco de felicidade quando me via lá no alto profundo adentrando por entre as nuvens carregadas de chuva de verão. Por isso que talvez não falavam comigo. Será que tinham visto? Tem nada não, eu dava tanta peia neles no baba que compensava o desdém. Não jogava no mesmo time mesmo, não sei o porquê...

Nunca entendia o porquê que passei aquelas três semanas do verão assim, com aquelas coisas na cabeça me perseguindo. Vomitei dias e dias no sonho. Um pesadelo que depois doía, doía, doía muito depois. Não queria viver doendo. Não queria mais que entrassem em mim daquele jeito.
 Mandei passar a máquina zero nos meus cabelos-sóis. Queria assisti-los germinar de novo.
 Não fui mais jogar com eles. Chega de pesadelos.

Na quarta quarta do verão, Dianela, a Didi, filha do meio de dona Jussara, me chamou para a casa dela. Ia ter o aniversário de 15 anos da mais nova, Ceci. Foi música ao vivo, churrasco, piscina, rodadas de refri e *drinks*, com todas aquelas pessoas dançando, se divertindo. Cheguei assim meio cabreiro, mas o pessoal já foi me chamando para perto. Quando vi já estava lá. Foi massa! Dancei forró com Ceci, Didi, Mari, e até com Dona Jussara. Dancei com Deus e o mundo. No outro dia sonhei com muitas risadas, na lembrancinha da festa muitos doces.

Abri um pacote de jujubas. Abri com tanta vontade que chega o saco de maneira nada ensaiada rasgou e boa parte dos doces caiu no sofá e pelo chão. Deixei. Mesmo impaciente, inquieta, inquieto, incomodada, incomodado deixei. Vi todo um filme da sessão da tarde e vez em quando observava as quase 80 bolotas espalhadas. Meu *jeans* ficou cheio de açúcar. E eu me mantive firme, imóvel, suja, sujo. No final do filme, percebi que ali estava eu. Eu! As bolotas eram todas eu. Espalhadas. Eu estava. E eu mesma, mesmo que as havia deixado à espera, eu à espera de mim mesmo. Daí resolvi catar uma por uma. E como em um gesto de comunhão, comi todas. Comi todas, uma por uma. Dormi que nem vi ninguém chegar, sirene tocar, nada... Acordei no dia seguinte aliviado, em silêncio. E, ao mesmo tempo, cantarolando um forró do aniversário, não sei o porquê.

Didi no dia seguinte me chamou quando passei pela frente do seu portão, puxou papo, perguntou se não queria assistir a um filme com ela. Que estaria sozinha. E seus pais? Eu sou um menino. Ela sabia.

Ela é mansa, pode entrar.
Eu sou manso também, pensei. Manso! Pensei alto.
O quê?
Nada não.
Chiclete dormia e nem me estranhou, nem latiu.
Pipoca doce, guaraná antártica, conversa de roda gigante, figurinhas-sorrisos, filme na tevê do quarto, revistas de menina, ursinhos, e uns *posters* d'Os travessos pregados na parede verde com fita adesiva transparente.

Faz tempo isso! Eu fiquei de canto numa poltroninha bege perto de uma mesa de estudos de madeira cheia de papéis ali observando aquele sorriso de canto, estampado de palavras certeiras. Ela me chamou pra sentar na cama. Vem! Risadas de nuvens gulosas explodiram no céu quando a sirene tocou quinze para as cinco. Já estava lá deitado, desfeito, entregue àquele diastema, àqueles cabelos de rapunzel ao contrário fazendo cócegas nas minhas pernas. Ela sentou no meu colo, e sem dizer nada, foi tocando entre meus seios pequenos. Foi tentando descer meu *short*, levantou por um instante e olhou pro meu corpo. Espelho. Peças de lego. Fechei os olhos e me vi empinando arraias no céu azul de nuvens sedentas.
Tremi.

Eu era um menino.

Gê disse que não se lembra direito, mas que parece que o céu de fogo era um fenômeno que não ia acontecer mais do lado de fora, que só acontece dentro quando a gente se encontra. Disse que as nuvens se esquecem de tudo que é ruim que acontece com a gente. Que o sonho salva a gente de entrar por portinhas-armadilhas. Que quando as nuvens se misturam com o céu vermelho, lilás e cor de abóbora, a gente faz um pedido e acontece. Ele disse que um dia ia comprar a casa de Doutora Doralina e ia derrubar o muro. Gê disse que o jambeiro depois daquele verão nunca mais parou de ter chuva de flores. Todo mundo precisa ver esse chão.

vento
água terra terra raiz terra terra água
terra terra raiz raiz raiz terra terra terra
terra raiz raiz raiz raiz terra terra terra
terra raiz raiz raiz raiz raiz terra terra
terra raiz raiz terra terra raiz raiz terra
raiz terra terra terra terra terra raiz terra
raiz terra terra terra raiz terra terra terra
terra terra terra terra terra terra terra
terra terra terra terra terra terra terra
terra terra terra terra terra terra terra
terra terra terra terra terra terra terra
terra terra terra terra terra terra terra
terra terra terra terra terra terra terra
terra terra terra terra terra terra terra
terra terra terra terra terra terra terra
terra terra terra terra terra terra terra...

pé de milho

– Estou há quarenta dias sem abraços. É como eu te disse, Rô, é eu querer um abraço e estar sozinha tendo pais dentro de casa. Será que eles não me veem aqui? Não conseguem triscar em mim?
– Quer dizer que papai e mamãe. Pera aê. Angélica, acho que nesses tempos estou sonhando que nem presta. Esse sofá é macio, mas me dá uma sonhadeira doida toda vez que cochilo aqui. Xô levantar. Pera, a conexão tá ruim aqui, Gel. Acho que vou pra rede. Aliás, ali pra cadeira de balanço de vovó, o sinal lá é melhor. Pera. Pegar a moringa pra cá. Agora pronto. Cê tá me vendo? Sim, menina, a cadeira de balanço de vovó do mesmo jeitinho. Quanta saudade eu vivo estando aqui. Dona Ioiô faz falta, viu, Gel. É como se essa casa de adobe e chão vermelho enceradinho não tivesse mais alma por dentro sem ela aqui. Sabe ali bem perto de onde era a casa de farinha? Um dia, num sei que desaforo foi que aquele moço da cara enferrujada metido a fazendeiro, o filho mais velho do dono do posto, falou, só vi ela sair a toda de dentro da casa de farinha. Arriou um pouco da saia marrom com o maior cuidado para não aparecer as anáguas, se sentou ali no terreiro, apoiando as canelas no chão, e sentada no calcanhar, tão delicada que o joelho dela, que era tão

bonito, cê lembra, nem aparecia do jeitinho que ela se agachou pro moço não ver nada.

Passe aqui, meu fio, tá vendo aqui, onde tá esse pé de losna e capim-santo? – bateu umas dez vezes a mão toda branca de farinha no chão, e disse encarando com os olhos cor de olhos d'água – os umbigos dos meus fios foram enterrados nessa terra. E alguns anjinhos meus foram enterrados aqui atrás da casa de farinha e outros lá nas terras do cacau. Eu caminhei, meu fio, faço esse caminho todinho com vendas nos olhos, pra você querer que agora eu saia daqui, assim com uma mão na frente e outra atrás com esse trocado aí que você tá me oferecendo, chamando essa ofensa de negócio. Essa casa caindo aos pedaços aí que o senhor diz pra eu trocar por um apartamentarrumadinho na rua, pode não valer nada pro senhor, mas aqui, meu fio, vale mais que todo esse linguajar fino de doutor aí que o senhor tem e vale mais que seu dinheiro. Porque daqui de dentro, dessa casa que o senhor diz ser velha, meu fio, não saiu ninguém que tivesse a ousadia de falar pra qualquer pessoa como eu o que o senhor tá me dizendo.

– Outra vez vovó me vendo retornar com aquele bocapiu menorzinho de palha rosa, sabe, com os ovos que mamãe queria para fazer um bolinho no dia do aniversário dela, no ano que instalou energia, com a dentadura nova que a deixava ainda mais de boca cheia pra bocejar aqueles mistérios de quando ela era menina, disse que ela só dormia depois que ia fazer a escolta pela casa inteira com o candeeiro exalando querosene, junto ao pai dela, e iam devagarzinho pelo caminho de todo-santo-dia, e podia faltar tudo, menos o pedido de bênção.

Eu tive a vida inteira sem o abraço dos meus pais, porque lá em casa não tinha isso não, minha fia. A bênção era todo dia. Beijava a mão deles, e eles as nossas, e já ia pra lida. Cantar parabéns? Ô, minha fia, comemorar aniversário? Falava assim, ó, Ioiô hoje está aniversariando. E depois que papai falava assim, quantos anos Iolanda completou mesmo? Ele só me chamava de Iolanda. Mamãe dizia, Ioiô nasceu na segunda semana de junho, no mesmo ano em que trocamos a janela do alpendre, já tem dez anos já. E seguia o dia, na labuta de roça, ninguém dizia nada mais para mim. No outro dia já era algum pedaço de conquista ou porta que também fazia aniversário junto com outro irmão. O aniversário que todo mundo mais gostava era a da mais nova, da finada Lurdinha, que Deus a tenha num bom lugar, porque ela aniversariava junto da safra de milho que garantiu aqueles sapatos coloridos pros irmãos tudo. Mas o que eu gostava mesmo era dançar depois da chuva. Ô coisa bonita. Ou da colheita que dava boa. Porque era a hora que papai e mamãe sorriam pra nós. Na minha época de menina a gente cantava pro milho nascer. Quando já estava chegando os dias de colher, os moleques todos, meus irmãos e os primos, iam pra nossa parte arrancar os nossos milhos pra na hora que papai contasse eles ganharem o prêmio, que era ir pra rua com ele comprar suprimentos pro resto do ano. Mas nem se davam conta de que as moças todas já tinham pegado muito mais as espigas da parte da roça deles. Era uma algazarra. As *moças ganhavam* sempre e nunca entendiam o que a gente fazia. Todo mundo sorria. Era os mil. Mil. Quem é que tinha tempo naquela época pra falar mi-lho, minha fia?

– As terras de vovó são os únicos lugares no mundo aonde nunca deixei de ir para espalhar sementes. Por isso, venho todos os anos, irmã. E depois de passar essa temporada maior aqui sozinha entendi mais papai e mamãe. Uma vez, na primeira casa da rua que tivemos aí, vi mamãe carregando balde, enchendo o filtro, depois ela correu de novo pra tirar água do poço, puxando aquele balde pesado de madeira pela corda. Foi um desce balde, sobe balde, umas 50 vezes. Era um perigo só. E eu lembro disso porque ela dizia assim: Rose, não é para vir no quintal quando eu for molhar as plantas, porque o poço vai estar aberto e é muito perigoso. E emendava sempre a história dos dois anjinhos da vizinha. Só viram o segundo pulando atrás do primeiro. Uma coisa triste. Fecharam o poço pra sempre. Ela encostava a portinhola, e eu ficava sentada naquele banco alto lendo a lição para ela, e espiando tudo de cima. E depois, mamãe saía molhando tudinho, num intervalo ou outro da minha lição, estava lá ela cantarolando e conversando com as plantas todas, negociando com elas, porque elas precisavam ficar bem bonitas pra quando alguém viesse atrás de uma muda ou de um enfeite pra esses eventos de escola ou da prefeitura. E depois tinha que ir pra feira vender batata-doce, aipim e laranjas. Sabe, Gel, eu não me importo se nossos pais não me ligam tanto ou não me abraçam há quarenta, mil dias. Vó Ioiô, papai e mamãe ensinaram pra nós que os abraços são como aipim quentinho com manteiga de garrafa derretida. E todos os três continuam fazendo esses abraços brotarem.

– Rô, e será que vai ter bastante milho no São João? Quem será que plantou mais desta vez, você ou o Miguel? Ele sempre acha que vai ganhar de você.

                          raio
água terra terra raiz terra terra água
terra terra raiz raiz raiz terra terra terra
terra raiz raiz raiz raiz terra terra terra
terra raiz raiz raiz raiz raiz terra terra
terra raiz raiz terra terra raiz raiz terra
raiz terra terra terra terra terra raiz terra
raiz terra terra terra raiz terra terra terra
terra terra terra terra terra terra terra
terra terra terra terra terra terra terra
terra terra terra terra terra terra terra
terra terra terra terra terra terra terra
terra terra terra terra terra terra terra
terra terra terra terra terra terra terra
terra terra terra terra terra terra terra
terra terra terra terra terra terra terra
terra terra terra terra terra terra terra
terra terra terra terra terra terra terra
terra terra terra terra terra terra terra...

jabuticabeira

Uma cachoeira no abraço dela. Sentia que em meu colo já cabia seu corpo. Ela, que prendia o choro em soluços compassados, ao perceber minhas palavras-costuras. Dois altos. Ela me ensinou a dizer quando precisasse de tempo.

Dois altos. Vou precisar ir lá dentro, meu filho, antes disso.

Pegou o lencinho de algodão, limpou um pouco das lágrimas no pescoço misturadas ao suor e retornou para o quintal, onde aos nove anos eu ficava abismado com aqueles carrapichos que grudavam na roupa como se quisessem me advertir para eu pisar com cuidado aonde fosse. Madrinha, que eu nunca consegui chamar de mãe, embora ela fosse o tempo inteiro, porque eu conheci minha mãe. E só depois entendi que perdi ela. Ela teve coragem de lutar por um cantinho para nós, mas levaram ela, e ela não retornou.

Filho, o mágico de fazer isso é que eu não sei se estarei para ver todo o florir e frutificar desta preciosidade. Mas, vocês...

Uma cachoeira no abraço dela. Senti que em meu colo já cabia seu corpo. Ela, que prendeu o choro em soluços compassados ao perceber minhas palavras-costuras, e se desculpou por todas as lacunas-vulcões produzidas por medo de ser. Madrinha me abraçou com tanta força que achei que ela não desgrudaria mais.

Filho, acho que aqui, entre o pé de amora e o de laranjeira. Fico triste de ver uma árvore solitária crescendo sem conversar com as parceiras.

Colocamos a muda de jabuticabeira no buraco. Agora era cobrir com a terra e o adubo orgânico. Cobrir com adubo de mãos que já ensinaram tanta mente a formar palavras por escrito, a formar vidas de verdade, raízes-ancestrais.
Quando criança, e ela me encontrou no abrigo, achei que aquele talvez fosse o maior ato de coragem dela. Abraçar um menino que vestia uma *legging* rosa com desenho da *barbie* porque a maioria de roupas que davam no meu corpo e que o abrigo recebia eram justas e estampadas, e, na época, eu só queria ter um kimono igual do Bruce Lee e uma camiseta do Freddie Mercury. Depois conheci todos os medos da madrinha. Muitos. Nadar, dirigir, viajar acompanhada, andar de bicicleta, engravidar. E também ela tinha muitas saudades de um verão antes da mãe, do pai e do irmão partirem, quando eu nem sonhava em nascer, mas que ela por muito pouco não se foi junto ao neném que soubera estar

perdendo quando tudo já era ruína, quando tudo era madeira morta estalando. Em um acidente na BR-101, sua família se deslocava quando foi surpreendida por animais soltos na pista. Era o dia do seu casamento com Benedito que acabou não ocorrendo mais, nem com ele, nem com ninguém.

Olhou para a jabuticabeira. Regou a terra com lágrimas.

Dois altos de novo. Lembrei agora de mamãe, o sonho dela era ter uma dessas no quintal, filho. Agora pegue na mesa o livro que deixei para você, ela me deu quando eu tinha a sua idade.

Quando abri a primeira página do livro tinha escrito:

"Para que o caráter de um ser humano desvende qualidades realmente excepcionais, é preciso ter a boa sorte de poder observá-lo em ação durante longos anos. Se essa ação é despida de todo egoísmo, se o espírito que a orienta é de uma generosidade sem igual, se é absolutamente certo que ela não buscou recompensa nenhuma e que, além do mais, deixou marcas visíveis neste mundo, então estamos, sem sombra de dúvidas, diante de um caráter inesquecível." Jean Giono

Madrinha me ensinou a não perder a coragem de dizer e prosseguir, ainda que eu tivesse medo ou só silêncio. Me mostrou que minha outra mãe não partiu porque teve coragem, quem tirou a vida dela é quem não tinha.

Toda vez que tiver medo ou precisar de um tempo, pode falar comigo "dois altos", e pode se recolher o tempo que precisar, mas volte, pois estarei sempre aqui para você, Juca.

– Dois altos, pai. Eu nunca tinha visto uma jabuticaba. Não sabia que a fruta dava no tronco. Um dia quero plantar árvores com você. Sabe quais eram as árvores preferidas das suas mães? A minha mãe gostava de jaca.

raio
trovão chuva chuva chuva vento
vento chuva vento chuva vento
cauleseiva
cauleseiva
cauleseiva
cauleseiva
água terra raizraioraizraio terra terra
água água terra raiz raiz raiz terra água
terra água raiz raiz raiz raiz terra terra
terra água terra raiz raiz raiz raiz raiz
água água terra terra raiz raiz terra
terra raiz raiz terra raiz terra terra terra
terra terra raiz água terra raiz terra
terra terra raiz água terra terra terra
raiz raiz raiz terra terra terra terra raiz
raiz raiz terra terra terra terra terra terra
terra terra terra terra terra terra terra
terra terra terra terra terra terra...

castanheira

Deus me livre de fofoca. Mas era do basculante que Teresa via tudo. Sabia que Fabrícia se ajeitava com Pedro embaixo dos pés de castanha-do-maranhão todos os dias. E eles se pegavam ali, embaixo das árvores, sem cerimônias, em pé mesmo. Às vezes, levavam uma toalhinha para esconder o rosto de Fabrícia quando parecia rezar. Teresa via tudo, filmava cada detalhe, e só descia da janela quando eles iam embora. Era assim, todo dia pela tarde depois do almoço. O pessoal saia para trabalhar, Teresa pegava o banquinho e já subia, dava umas 13h e pouquinho, quando tocava o sinal da primeira aula eles chegavam de bicicleta, encostavam na mureta, e o amor ardia até dos lados de cá, que o sol nem batia de tarde. Pra que sessão da tarde, quando a tarde inteira era aquele amor expandido? E passava seu Zezinho-o-Pedreiro para a obra do Fórum às 13h05, Dona Mariana da Merenda às 13h15, Ditinha-Costureira em direção ao ateliê Fio de Ouro às 13h30, Lilita da Gameleira indo ficar com filhos de Doutora Célia às 13h40, Joaninha do Bar de Bitico às 13h45, e os amantes lá concentrados embaixo daquela árvore rara. Zero vergonha, zero medo, peito e boca de fora, saliva brilhava de longe. Farda da escola, rego a mostra e fora e dentro. Teresa pedia a Dona Jaci até pipoca com suco de maracujá para assistir. Contavam que aquela árvore que tentava esconder eles, mas não escondia totalmente, foi presente de um jovem apaixonado para uma moça que ele amava muito, e que como prova do amor pediu que ele lhe trouxesse mudas raras. Como era engenheiro e trabalhava em firmas de construção civil de cidade em cidade, trouxe as tais mudas. Plantou escondido numa madrugada. As moças que moravam na casa deram fé das plantas e começaram a molhar, cuidar das árvores que foram crescendo ali do lado de fora do muro cinza da casa de Doutor Nelson. O rapaz, se eu não me engano, era um tal de José de Doutor Dorival, que se casou com Anna, uma das filhas de Doutor Nelson e foram embora daqui pra São Paulo. Diziam que cada árvore representava cada uma das letras do nome da amada. Deus me livre de fofoca, mas eu tenho quase certeza que ele plantou mesmo foi para Rosa, filha do Doutor com Dinha que trabalhou lá por muitos anos, hoje vive no Recife e nunca mais pisou nos lados de cá. Mas como é que filho de Doutor ia casar com a filha da empregada? Teve que casar foi com a de dentro, Anna, filha de Dona Maria das Graças. Até hoje não sabem ao certo para quem foram as árvores raras naquele chão. O certo é que enquanto estavam de paquera por anos, as árvores floriam, floriam, floriam. Eram pétalas-varetas que pareciam *black power* brancos ou ruivos. E certeza de que o pessoal da papelaria de Marinha se inspirou nessa planta para fazer aqueles cachos com a tesoura nas fitas dos laçarotes de presentes. Nessa época também que se conheceram as tais castanhas-do-maranhão que o povo confundia com as do pará, que também crescem protegidas num casco-tesouro bem duro. Depois que José de Doutor Dorival se casou com Anna, as árvores não deram mais frutos. Após o casório até pararam de florir, e quando davam aqueles esmirrados frutos, abriam e nada. O tronco da árvore foi ficando esturricado, como se a seiva não mais enverdecesse o sangue das árvores, como se estranhasse aquele solo, aquele ar, como se as folhas estivessem ali vegetando, amparando somente aqueles casais de namorados que volta e meia apareciam ali com uma coragem juvenil retada de se confiarem no amor sem nenhum tipo de receio. Pessoal chamava aquilo de *semvergonhice*, assim tudo junto. Deus me livre de fofoca. Mas era do basculante que Teresa via tudo. Teve um dia que pegou um geladinho de umbu dos que vendiam em seu Joca para se refrescar enquanto via aquele chamego todo de Fabrícia e Pedro. Todos os dias. Eram todos os dias. Outro dia mesmo foi só ele quem abaixou parece que para arrumar alguma coisa na saia da moça, e a perna da Fabrícia estava toda de fora. Levantou a saia que batia no joelho e se mexia-mexia-mexia, parece que dançava no rosto do rapaz. Depois se arrumavam e rapidamente ficavam se beijando quando o pessoal saia da Fábrica de Xadrez da esquina. Deus me livre de fofoca. Mas era do basculante que Teresa via tudo. Teve um dia que Fabrícia e Pedro estavam demais da conta, Teresa já estava com o geladinho refrescando o pescoço do calor que dava. Quando paralisou com as mãos no rosto, boquiaberta, com a expressão de que tinha dado ruim! Até achei que poderia ser seu pai ou sua mãe que tinha esquecido alguma coisa em casa e viu Teresa do basculante assistindo tudo. Nesse dia passou seu Zezinho-o-Pedreiro para a obra do Fórum às 13h05, Dona Mariana da Merenda às 13h15, Ditinha-Costureira em direção ao ateliê Fio de Ouro às 13h30, Lilita da Gameleira indo ficar com filhos de Doutora Célia às 13h40, Joaninha do Bar de Bitico às 13h45. E passou também Fabrício Junior, às 13h50 de bicicleta. Fabrício Junior não andava por essas bandas nunca, porque trabalhava do outro lado da cidade na fábrica de luvas e artigos hospitalares. Nesse dia, o coordenador da área dele, que era meu vizinho, pediu para Junior fazer um favor e falar pessoalmente comigo, porque a minha memória falha às vezes. Eu havia esquecido minha bomba da cisterna ligada e a água estava transbordando dentro de casa. Eu todo dia chegava 12h50 pra ficar com meus netos e depois que vi Teresa daquele jeito, comecei a acompanhar também. Junior, coitado, nem conseguiu chegar para me dar o recado. Quando passou dando uma olhada, e reconheceu aqueles sapatos por detrás daquele rapaz que escondia um rosto com uma toalhinha, ele sacou o celular do bolso e disparou: agora você está lascada, vai lavar louça pra sempre, ou então vou contar pro nosso pai. Foi um auê na rua, pessoal saindo no portão para tomar nota. Coisa horrível. Nunca soubemos direito o que aconteceu com Fabrícia depois disso. Deus me livre de fofoca. Falaram que o pai de Fabrícia deixou Pedro frequentar a casa deles para não ficarem mais pela rua correndo risco de serem assaltados por bandidos e pela língua do povo, que você sabe, não alivia. Sei com toda a certeza mesmo que Teresa é quem ficou triste, chorou tanto de dar dó e até suplicou de joelhos quando o vizinho da frente depois do bafafá contratou uns rapazes dizendo que tinha autorização para cortar os quatro pés de castanhas-do-maranhão sem mais nem menos. Você ouviu a justificativa de eu ligar para o seguro, não ouviu? Eu perdi tudo, perdi também o telhado porque a caixa acabou virando com o peso e foi tudo por água abaixo. Tudo porque o Junior não conseguiu me dar o recado. Só queria mesmo que vocês me ajudassem, por isso estou ligando e fazendo este relato, porque seguro é pra essas coisas, não é mesmo? Como é seu nome mesmo? Só mais uma coisa para acrescentar. Deus me livre de fofoca. Teresa fez uma petição que juntou um milhão de assinaturas e o pessoal não pôde cortar as árvores.

```
                        chuvento nuvem
    nuvem                    vento vento
    folhinha folha flor galha flor folha
    galha folha folhinha galha folha
    folha galha galha folha folha flor
    folha folha galha galha folha vento
    flor folha galha troncauleseiva ninho
    folhinha folha troncauleseiva folha
    flor folha galha troncauleseiva folha
 galhagalha troncauleseiva galhagalha
    folha troncauleseiva folha
       galha troncauleseiva
       troncauleseiva galha
          troncauleseiva
          troncauleseiva
afetaguadubo   terraiz   terraiz   folha
terraiz  terra  terradubo  raizraioraizraio
folha  terra  terraiz  águaadubo  terraaiz
sementerraiz   terraiz   terrágua   terra...
```

umbuzeiro

O quarto de tia Benedita era proibido que nem o umbuzeiro. Vovó nunca deixava a gente ir colher umbu porque tinha medo de que alguma cobra picasse a gente. Ainda mais quando sentisse o cheiro de menina curiosa, que diziam que eram as preferidas das cobras, que amavam a quenturinha das entranhas da minha árvore preferida.

Jurava que era só o quarto de tia Benedita que vivia trancado depois que ela foi embora e nunca deu notícias. Mas era vovó que não falava nadinha a respeito da nossa tia. Diziam as linguarudas lá da roça que tia fugiu com uma mulher da rua.

Vovó, uma câmera de segurança indesligável, não deixava ninguém ficar lá, nem quando vinham os primos todos da rua. Eles sempre dormiam amontoados em esteiras de palha de sisal no chão da sala. Deus é mais de dormir lá, mesmo se vovó autorizasse, eu que não ia pro quarto *malassombrado*, tem um encosto lá dentro que fez tia Bené dá pra ruim e desaparecer para sempre. Era o que os primos diziam.

Tia Bené tinha a pele mais escura que a minha. Pessoal dizia que tinha olhos de jabuticaba, dentes cor de algodão, igual àquele pé que fica encostado na janela do meu quarto, e que era uma moça muito boa de uma voz forte igual ao trovão. Poderia ser uma cantora de ópera. Diziam que tinha puxado a nossa avó, que tinha cabelos bem longos, que puxou da bisa que tinha chegado da mata e que tinha puxado eu não sei quem porque só contaram até aqui. A bisa era quem colocava os meninos tudo no mundo e fazia artesanatos de sisal. As vizinhas linguarudas todas vieram ao mundo pelas mãos da bisa e até hoje têm na casa desse povo o cesto gigante que a bisa trançou e deu às famílias para guardarem o enxoval.

Tia Benedita recebeu esse nome porque tinha nascido no dia de São Benedito, em 4 de abril. E nos aniversários dela vovó sempre acendia uma vela rosada do 7º dia no altar que tinha todos os santos dos nossos nomes. Ela nunca acendia o meu no dia certo do meu aniversário porque nasci na sexta-feira santa, então sempre variava. O meu era Jesus num crucifixo bem grande.

Às vezes via o quarto tramelado, será que a vovó está lá dentro implorando pro encosto devolver a tia? Quando vovó ia tomar banho e não tinha ninguém na sala de jantar, eu ficava de butuca, com o cu travado, olhando na fresta pra ter pistas do tal encosto que amaldiçoou tia Bené, e só conseguia ver um terço de madeira na parede, um mosquiteiro rosa-bebê cheio de buracos, uma cama de madeira bem escura encostada com um forro amarelinho ou era meio encardido. Tinha um armário de duas portas do lado da janela, com uma fechadura enferrujada e um negócio debaixo da cama. Será que era o encosto?

Semeamos, plantamos e colhemos milho, aipim e feijão num sei quantas vezes. E tome-lhe baldes de seriguelas, cajás e umbus. E nunca consegui entrar no quarto. Às vezes, vovó abria, fechava a porta e limpava o quarto sozinha. Nunca deixava a gente realizar essa parte da faxina. E quando ia em direção ao tal quarto, ninguém tinha coragem de lhe dizer nada.

Pegue um balde de água ali, menina, e me passa essa vassoura e o pano de chão e pode chispar daqui pro terreiro. Lá tem uns paninhos pra passar um sabão. E o feijão já tá de molho na água em cima da janela na cuia grande. Você cata fora os que subiram e já joga a água nas cebolinhas aí embaixo da janela. Sempre repetia exatamente isso às sextas-feiras.

Tem uma janela na cozinha que dava para ver o rio do Buri que de tão cheio que era dava para avistar quando Dona Joaninha de Seu Arthur e Luiza de Dona Marota passavam horas e horas lavando as roupas das patroas da rua. Depois elas estendiam aquela branquidão toda nos arames com todo cuidado do mundo para não furar aqueles tecidos chiques cheios de guipir e bordados à mão do pessoal de condição pra quem elas trabalhavam. Vovó também lavou quando era moça, mas depois que casou ficou labutando só com a terra junto com todo mundo da família.

O Buri que passava lá perto da casa secou, e vovó agora está lá descansando do lado de vovô embaixo do juazeiro.

E eu já tinha ido ganhar o mundo distante de Bela Vista. E zero notícias de tia Bené.

Vovó me fez prometer que eu não ia dá pra ruim, que ia estudar. E assim fiz. Também me casei, e fiz meu altar parecido com o da vó. O Jesus na cruz eu tirei, deixei uma imagem de um Jesus parecido comigo. E São Benedito estava lá e prometi que quando engravidasse colocaria esse nome na minha filha em homenagem à tia que nunca conheci. Depois de alguns tratamentos de fertilização estávamos grávidas da nossa primeira filha. Eu e Alice teremos finalmente nossa menina.

Não sei se foram os hormônios, mas jurava que tinha vivido uma ocasião.

Antes da licença para parir, me mandaram cobrir a pauta de um lançamento de uma fundação da diversidade para abrigar pessoas que eram expulsas de casa por causa da intolerância de familiares. Eu estava lá conversando com duas enfermeiras aposentadas, casadas há 40 anos. Gravando. Como vocês lidaram com a sociedade durante estes anos diante de tantos preconceitos? Uma delas: Eu tive que sair de casa, porque mamãe tinha medo que fizessem maldade comigo. Aí ela ajeitou para eu não ficar lá, para eu poder viver minha vida, sempre me mandava dinheiro e vinha me visitar sem que ninguém soubesse. Foi ruim, mas na época era complicado ficar lá. Fui me organizando e fazendo minha vida cá até que conheci a Lourdes no hospital. Daí fiquei sabendo que algumas pessoas de lá de onde nasci criaram uma história para as

crianças de que não podiam entrar no meu quarto para não desaparecer que nem eu! – ela sorriu de canto fazendo uma covinha familiar do lado esquerdo, e deu uma golada no copo de água. – E esse lugar que faz gente desaparecer nunca foi meu quarto. O olhar cínico que grita "o que vocês estão fazendo aqui?", o genocídio, o desrespeito com os amores múltiplos, a corrupção, a perversidade, todo esse caos, minha filha, que estamos vendo aí nunca estiveram no meu quarto – ela sorriu de novo, deu mais dois goles e ergueu a cabeça em sinal de próxima!
Enquanto Bené chutava de dentro como se fosse a participante da entrevista, perguntei: Tia Benedita, sabia que a senhora abriu a porta do seu quarto para que eu não tivesse medo?

Acordei com minha Benedita nos braços. Descobri que Benedita é uma flor que ama sol e borboletas. Seja bem-vinda, meu amor. Seu nome é de uma tia-avó sua que vi uma única vez.

flor. (gosto quando você envia mensagens aos deuses com meu cheiro. eles escutam. quando abre semeaduras com o corpo, joga as sementes com as mãos e fecha as covas com os pés. dança feto. forte, fria, pungente a chuva de São José. ventos, relâmpagos, trovões dos encantados que transformam a secura dos dias em fartura. descanso. tempo para lavar o filtro de barro, colocar água nas moringas, nos porrões cansados e sedentos. para cuidar da cabeça. bonito é quando encanta para a terra, para mim, para nós, e canta enquanto colhe, quando minguamos ou vingamos, ou é chegada a terminação das nossas (v)idas. e isso não é o fim, para quem sabe que as rodas não param nunca). adubo.

mandacaru

Não deu um ai.
Estalos. Subiu foi o cheiro de queimado de algum lugar perto. O que será que foi? Cheiro estranho de roupa, alguma coisa queimando. Primeiro foi cheiro de papel que chegou, depois de mato seco com espuma e qualquer coisa tipo isopor, plástico bolha, caixas e mais caixas. Cheiro de mato queimando também. Madeira morta quando queima estrala depois de chiar, já dizia a prosa. Da janela deu para ver que no quintal da vizinha, tinha cercas de mandacaru de fora a fora, formava com pressa um fogaréu gigante.

– Deve ser Dona Maroca queimando o entulho. Toda semana ela faz isso.

– Tá certa de se livrar do lixo, mas daqui a pouco, na hora do redemoinho, vai ter fuligem em tudo que é canto aqui. Deus tenha piedade do pobre que faz faxina num lugar seco deste. Daqui a pouco ela deve sair pra buscar refrigerante no seu Geraldo e ficar se refrescando enquanto a gente varre a varanda de novo – disse Candinha para Dona Luiza, que logo sinalizou com a mão abanando para baixo e completou susurrando.

– Candinha, tu num já sabe que o vento leva tudo que se conversa aqui? Pelo amor de Deus, não quero disse me disse com a vizinha. Ainda mais essa que é boa pra nós. Já basta a encrenca com a outra aí dos fundos.

Cheiro de colchão, de carvão, de cabelo, parecia de papel, de roupas, de madeira, e o fogaréu cada vez mais alto. Dona Maroca vivia em vila de Mandacaru há muitos anos, chegou ali sozinha e ficou. De início, lia livros para o pessoal que não sabia ler. Ensinou as letras para meio mundo de gente ali de Mandacaru. Todo fim de ano fazia pães e mungunzá pro pessoal e distribuía. Nas novenas de Santo Antônio na vila também doava um pouco de milho branco e arroz. Embora estivesse ali, ela não se misturava muito com ninguém. Tinha sua roça que cedia pro Miltim de Joaquim plantar, dividia com o pessoal da vila, e o que sobrava ainda vendia e negociava na feira. Pessoal dizia que ela tinha matado o marido depois que ele tinha dado uma surra nela. Diziam que ela tinha jogado óleo quente na cara dele, que reparasse que tinha uma queimadura na mão que foi Deus quem deixou como prova, e que foi para ali foragida se entocar na roça pra não ser presa. Que aquela casa herdou de uma tia viúva. Tinha gente que dizia que que ela era herdeira de Coroné da pedreira, filha de Ditinha que foi usada por aquele nojento, e que prometeu casar e não cumpriu, e teve de sair corrida por causa desses negócios de juramento de morte da família da mulher dele, que era de um pessoal sovina, metido a valente. Tinha uma outra história que dizia que quando era ainda moça tinham mexido nela e ela nunca mais tinha sido a mesma, por isso que não tinha ninguém, nem filho, nem família, nem marido. E que havia se queimado com uma vela no quarto. Ninguém entrava na casa dela, tudo era resolvido e acontecia na varanda. Diziam que ela era encantada porque todo mundo que ela ensinou a ler e a escrever saía dali e voltava doutor. Ela transformava solo seco em fértil. A casa era toda florida com margaridas, ervas-doces, mamoeiros, bananeiras, rendas, palmas, todo tipo de cacto e rosas.

– É melhor alguém ir lá em Dona Maroca ver se ela está em casa, porque o fogo está na altura da casa e daqui com essa cerca não dá para ver nada – disse Dona Luiza já gritando Edinho que passava de bicicleta –, ô Edinho, vá ali na vizinha, cumade Maroca, e assunte se está tudo bem, se ela está por lá, porque desse cheiro...

Dona Maroca não deu um ai.

Encontraram como espinho, ali perto de todos aqueles que faziam a cerca. No pouco que deu para ver, estava com a feição serena como a flor de mandacaru, perto de tudo que ela teve. Eram alguns de seus objetos, plantas, que partiam com ela junto à chama que se fez adubando aquele chão.

Não teve redemoinho naquele dia.
O vento não levantou as cinzas daquela vez.

folha folha frutaverde folha vento
vento folha folha frutodevez folha
fruta folha folha folha fruta folha
folha ninho folha passarinho fruta
fruta folhinha folha galha fruta folha
galha folha folhinha galha folha fruta
folha galhagalha folha folha fruta
folha folha galhagalha folha vento
fruta folha ganhagalha folha folha
folha troncauleseivatroncauleseiva
ninho troncauleseivatronca folha fruta
folha galhagalhatroncauleseiva
folha galhatroncauleseivagalha folha
troncauleseivatroncauleseiva
troncauleseivatroncauleseiva
troncauleseivatroncauleseiva
afetaguaduboterraizterraizterradubo
raizraioraizraioterraizáguaaduboterraiz
sementerraizterraizterraterraterra...

ipê

Moacir senta no bar da esquina como um andarilho sem destino. Olha com desconfiança os lambe-lambes com tantos *#elesnão* e até estranha o motivo pelo qual chegou na cidade-concreto. Eles sim! Eles sim, o povo quis eles sim e lá estava perto de... Lá ele!

Tem um ipê bem verdinho na frente da mesa, muito distante de florir amarelo. A brisa seca desce com o café pela garganta igual ao dia em que Morgana fingia para ele. Fingir amor é igual a fruta com agrotóxico, manchete boa com texto mal escrito, festa de aniversário com bolo sem vela, café com açúcar, vinho suave com qualquer coisa, sofá duro para uma sesta de domingo.

Nelson Gonçalves. O pai tinha esse disco. Pensou numa cachacinha. Um V60, frutado, com notas de chocolate e acidez na medida. Aliás, bravilor bonamat! Não precisava de nada muito concentrado naquele dia, nem tão fraco demais. Ele toma 150ml da cota de 450ml de café, seguindo a dieta que a nutricionista fez para reduzir uma gastrite nervosa.

Nervosa, e por falar em saudade, aonde anda você, onde andam seus olhos... que viagem para os olhos graúdos que tinha aquele barbudo que ia na casa dele, o que tinha apneia. Moacir achava um porre dormir com ele.

Quase sempre, quando não mandava ele ir para a casa da porra, ele mesmo ia, dormia na sala e depois na madrugada voltava para a cama. Filho-da-mãe-folgado! Hum. Mas era bom com ele, o bicho era esforçado. Moacir ficou sabendo que ele ia ser pai. Soube que engravidou duas ao mesmo tempo. Bem pregado! Todo imprevisto para quem ronca é pouco.

Come o bolinho de abobrinha com castanhas, quentinho e sem graça, sempre esquece e pelo cardápio se engana e se encana todas as vezes que vai nesse bar. Vendeu quase tudo que comprou desde que foi morar no DF. Devastado, sem saber o que fazer. Possui apenas uma máquina de lavar, uma cadeira de escritório, um climatizador e uma cama meia boca porque a base caiu no meio da pista do Eixo Monumental e rasgou toda na última mudança. O moço da mudança quase teve um custipio de medo de Moacir, e acabou dando a base peba da própria cama-box para não deixar Moacir no chão puro ou por medo de um murro ou uma panelada.

Sim, eu adoro tapetes, mantas, tudo que deixa o ambiente aconchegante e tive que vender umas coisas e levar outras para a casa da minha mãe. Tive de fazer concessões porque ela não respira tão bem, tem um pigarro permanente, e não pode pelos, lãs, mas tinha uma cachorra que dormia junto. É coisa, viu! Bem, eu arrumei, pintei, decorei, e tirei os excessos de coisas imprestáveis porque, na verdade, é assim que eu faço: arrumo, limpo, doo boas ideias, e depois saio fora. Não sustento depois que empapuço. Não aguento nada mais depois de esconderijos de mentiras com murrinha de cerveja choca.

O rapaz branco sorridente de bigodinho e bermuda de foveiro escutou com um sorriso amarelo que destoava da estampa de brigadeiros e beijinhos da bermuda, e entregou a comanda 66 para Moacir, e se for um sinal ele deve ser a besta mesmo. Julio Iglesias toca na alma e respira devagarzinho num mantra. Não sabe se por constrangimento de lembrar que na casa dele tinha um disco do Iglesias que ele escutava no *repeat* por ser um dos poucos que tinha, junto ao de Raio da Silibrina, no *boom* dos rádios de CD na cidade dele, ou se por concordar com a música sem vergonha que diz que aquele amor não valeu.
Dá um gole no restinho de café frio, ainda tentando um dedo de escuta e completa, que ainda frio estava bom. Não queria ficar ligadão, mas vou. Talvez uma cachacinha quando chegar em casa. Vou dirigir. Odeio dirigir à noite – sem interação do garçom, ele fica quieto.

Da janela de vidro, o ipê escuro parecia uma estátua gigante, como tudo nessa cidade, estátuas, o céu com cara de chuva sem lua falava baixinho: Olha, aquele político sentado lá fora! Vote nele na próxima eleição! Parecia uma reunião séria, uns bebendo água com gás e limão no copo, outros com seus refrigerantes *light*, ninguém comeu nada. Será que estão todos com azia? Todo mundo muito sério, muito polido de roupas bem passadas, muito

muito branco, muitos cheirando a t... Não! Será que ele vai cumprir o combinado? Ele parece pleno, mesmo com eles sim por perto, mesmo com eles sim. Moacir já gosta dele. Chamou o garçom com bermuda de foveiro e vomitou.

Faz um ano que notas de jiló com jambu não saem da minha garganta. Já tentei de tudo e nada libera esse nó travoso na minha goela. Nem o *cheesecake* com geleia de goiaba mais gostoso da cidade foi capaz de tirar, talvez por você ter errado e colocado a de framboesa no lugar. Nem a terapia, que só agora engrenou, mas que também não boto fé no terapeuta que vive usando aquelas camisas com a cara do véio da h... Foi assim: eu cá, enviando nudes, cartinhas em *post-its*, arrumando a nossa casa com incensos lang-lang, comprando presentes criativos, o último foi o ingresso para ver um show de pagode anos noventa na ocupação da piscina com ondas no Parque da Cidade, esperando ela com meu melhor cheiro: *eau de parfum patchouli*. Enquanto a bonita dizia que estava numa viagem de trabalho. E ela estava. Chico Buarque, você quer me matar! Enviou foto do almoço, falou sobre a exposição de fotografias que viu no intervalo do trabalho que a fez lembrar de mim, sobre como ficava bem com a camisa e o cachecol que eu dei para ela. Aquele lenga-lenga-fofo-fake-fudido para me prender. Mentira foi tanta mentira... tão meigos os seus olhos, por Deus não desconfiei. Histórias tristes você contou e eu quase chorei... essa aí me debocha e detona ao mesmo tempo.

E os e-mails trocados, os registros apagados? Eu achei tanta coisa, meu querido. Agora você quer saber como eu descobri, né? Minha meta é descobrir onde começa e termina a mentira. Se é da dissimulação simpática e da resposta automática beirando o sacrifício. Ou pode estar na omissão e naquele celular sem senhas, a postos para ser consultado. Terminar o nosso amor, para nós é melhor. Para mim é melhor. Convém a nós, convém a nós. Nunca mais vou querer o seu beijo, nunca mais...

Os boleros de corno brabo estavam agarrando Moacir pelo braço e dançando com ele, e ele estava gostando mesmo assim, até que começaram umas internacionais que tocam em motéis fuleiros de interior onde estar escondido com alguém significa encontrar deus e o mundo.

Eu só lembrei do ditado que diz que quem procura acha... e quem não procurava nada e achou? Agora entendi porque o lambe-lambe está de cabeça para baixo. Fecha a conta aí, ó da bermuda engraçadinha. Sim, pago os 10% do serviço. Nada é de graça mesmo.

Moacir nem se deu conta que alguns grupos, por mais bonitos que sejam e românticos que pareçam ser podem fazer parte dos oportunistas. Até os mais bonitos e brasilienses ipês. Em botânica isso não é mal, mas em outras áreas... O da bermuda engraçadinha quem me contou.

galhos. (se plante! solo fértil que não se desgasta com o passar do tempo, tem um manejo de quem cruza por quintais, roças e florestas entendendo que ninguém governa tudo aquilo sozinho. parceria, minha cara. terra preta fértil que não se desgasta com o passar do tempo? são itinerários constantes de quem não ousa esquecer de mim, de nós, das águas, do sol e da lua. e das abelhas, dos pássaros, dos animais. tem que saber entrar e sair. saber a hora de subir e de descer. não dá para colher tudo de vez, tampouco bagunçar os espaços achando que não terá volta, achando que o mundo não dá voltas, achando que os encantados e a natureza não conversam sobre você.) sementerra afeterra...

algas marinhas

O meu sonho era conhecer meu pai. Saber se parecia alguma coisa do meu rosto com o dele. Passei anos sonhando com esse encontro. Um dia na praia vi um homem jovem e uma criança, um pai e um filho, e pensei que nós dois poderíamos ser assim.

Que ele sentasse ao meu lado e nada dissesse, só ficasse perto, pensasse na minha avó, sentisse saudades da mãe dele. Pensasse que apostou duas grades de cerveja porque ele poderia torcer pro Santos como eu. Ficasse preocupado se os nossos capacetes na areia iriam ficar sujos se colocássemos com a borda acolchoada para baixo. Que me chamasse para dar um mergulho no mar, ou mesmo me deixasse boiar e ficasse sozinho na areia cuidando dos chinelos e me olhando. E depois ele fosse mergulhar enquanto eu cuidava das nossas coisas, da carteira dele. Mesmo sem conversar muito, mesmo sem pedir desculpas por não ter dois reais para me dar um Capelinha, e ficasse ali ao meu lado. Mesmo se ele não tivesse protetor solar como a mãe sempre tem e insiste para passar no meu rosto e nos meus ombros. Mesmo que ele não beijasse a minha cabeça em um dia de muito choro, como no dia que perdi a única foto que eu tinha dele. Nesse dia foi a carteira inteira, em um assalto no ponto de ônibus para ir para a escola. E nem me importei com o dinheiro do material do armário de Dona Bel que tinha que entregar para Seu Rui. Fiquei triste, arrasado, por conta daquela 3×4 que tinha atrás escrito a mão: 1980, o ano que nasci.

Joel, meu pai, trabalhava como marceneiro desde os 15 anos. É, o nome do meu pai é Joel, e eu resolvi aprender marcenaria pra ser que nem ele. Queria ter a mesma profissão, por isso comecei de ajudante quando tinha uns 14. Eu queria que ele se orgulhasse de mim. Que visse que eu segui seus passos. Eu antes mexia só com móveis feitos com madeira de demolição. Jacarandá era a que mais aparecia pra gente mexer. Uma vez ou outra também vinha umas coisas finas de ipê, de canela. Eu amava cortar aqueles pedaços de madeira e sempre agradecia à Nossa Senhora por ter me dado uma profissão. Homem com profissão é uma bênção. Às vezes, fica sem um trabalho fichado, mas pelo menos pinga um trocado arrumando armário ali, montando uns de compensado também. Gosto do que faço com muito orgulho e aprendi muito com Seu Rui. Pense em um homem bom! Eu acho que não teria coragem de cortar mesmo uma árvore de verdade que nem Seu Rui cortava. Ele dizia que pedia licença aos santos dele toda vez que precisava tocar numa árvore para transformar em uma mesa gigante, ou naquelas cristaleiras imensas. Eu sempre tive receio de transformar, mas Seu Rui foi me orientando e aprendi com ele a pedir licença aos santos pra fazer essas coisas, quando fosse necessário.

Um dia normal desses de escola, ali pelos meus 16 anos, mãe disse que soube que meu pai estava na rua, que tinha retornado. Fiquei agoniado. Queria correr pra ver, pra abraçar, vê se me parecia com ele mesmo e finalmente tomar a bênção. Ele estava no bar de Deco. Subi o beco correndo, tomei banho, escovei os dentes, coloquei a kenner azul nova que parecia original, a bermuda tactel azul e verde, tirei a etiqueta e vesti a camisa que tia Su me deu no meu aniversário que tinha um surfista na frente, passei perfume e bati o portão. Caí pra rua e fiquei de longe, ali perto de Seu Zequinha do gás observando um homem na sinuca que olhava para mim de lá de dentro do bar do Deco. Vi assim, alto, magro, da minha cor, sobrancelha escura bem cheia, bigode, cabelos grisalhos e cortados como o meu, o mesminho corte. Ele parou o jogo, ficou me encarando, e fui indo na direção dele com o coração na goela, segurando-o com a língua no céu da boca. Nem respirava direito de tanta vontade de falar logo com ele. Será que vai me ensinar a jogar sinuca? 16 anos sem ver meu pai. E talvez eu aprenda muitas coisas com ele. Eu nunca tinha visto meu pai a não ser pela 3×4 antiga, e pelas histórias que os amigos dele contavam. Cheguei perto da sinuca, quando eu ia erguer a mão, o homem da sinuca apontou com a boca para atrás de mim. Nas minhas costas estava meu pai sentado, tomando uma cerveja, jogando dominó com mais três, fumando um cigarro. Parecia com o outro homem, que na verdade era meu tio. Pai usava uns óculos escuros quadrados e quase não tinha pelos nos braços. Não sei se olhou pra mim até hoje.

– É você que é o filho de Rosa? – E fez um muxoxo. – Pensei que era outra coisa e gargalhou com os amigos.

Nada me disse, nada quis me dizer. Nenhum gesto, nenhum chamado, nada. Fiquei ainda por lá rondando. Ele foi embora sem nada me dizer. Passei um tempo sem querer tocar numa madeira dessas pra criar, ainda monto móveis porque agora quero ter um conforto e preciso de trabalho. Ele foi embora sem nada me dizer. Por isso que queria aquele silêncio do pai e filho que vi ontem na praia. O pai que, mesmo sem falar nada, consegue tocar na mão do filho e chamar ele para sentir a areia nos pés, a poeira, o calor, sentir as águas baterem no corpo como a vida que brinca às vezes e faz acreditar que as algas marinhas não falam.

```
              ventania tempestade
    vento
                    galha
                 galha galha
                 galhagalha
                 galhagrossa
                 galha galha
                 galhagalha
             galhagalha galhagalha
                 ganhagalha
          troncauleseivatroncauleseiva
             troncauleseivatronca
           galhagalhatroncauleseiva
           galhatroncauleseivagalha
          troncauleseivatroncauleseiva
          troncauleseivatroncauleseiva
          troncauleseivatroncauleseiva
       afetaguaduboterraizterraizterradubo
      raizraioraizraioterraizáguaaduboterraiz
       sementerraizterraizterraterraterra...
```

caramboleira

Querida K,

Não se preocupe nesse momento se você não é querida como gostaria de ser. Se não pode usar seus cabelos soltos ou fazer aquela viagem porque não tem ninguém que saiba tocar neles com afeto. Sua mãe e seu pai não deixarão você ir para que você não passe por nenhum desconforto e daqui a pouco você poderá mergulhar por aí sem receio nenhum. Gostaria que não se abalasse por não ser a princesa das apresentações da escola e não se ocupe por ser a única a não ser chamada para as festinhas de aniversário das colegas, tampouco para os desfiles. Não se preocupe em se inspirar em quem você acha incrível. Na vida, a gente molda o que parece ser árvore e não há problema em querer ser regada, ver a luz e crescer. Não tenha receio ou vergonha de desejar isso! Só não passe por cima de você mesma, do que você é de verdade.

Não tenha vergonha de ter errado o caminho de casa. Sabe aquele dia com a pró L? Você só indicou a linha do horizonte, o céu aberto, aqueles coqueiros, pés de carambolas cheios de *nicos* simpáticos e gulosos que andavam de um lado para o outro chamando a sua atenção. Naquele dia fresco, quando queimava de febre e não tinha ninguém que pudesse te buscar. E a pró não ficou brava por seguir debaixo do sol quente, perdida, por mais de dois quilômetros com você fraquinha na garupa da bicicleta que nem era dela.

Não se importe por você ter que corrigir seu nome em todas as consultas médicas, paqueras, eventos, apresentações, novas vizinhanças, empregos, certificados, e sempre ter que explicar de onde veio esse nome diferente. Se é de verdade? Significados possíveis africano-indiano--árabe-que-do-latim-mas-que-do-grego é isso ou aquilo belo, confiável, amoroso, ressurreição, deusa negra, você mesma. Você só precisa brincar de baleado se você quiser. E ser baleada no jogo, perder no ô-nô-um, ralar o joelho, cansar de brincar de faz parte. Você pode sentar no chão para tirar a fotografia, e sujar a roupa, vale correr o risco quando chegar em casa. Tudo bem em ficar veneta no jogo de gudes e torcer para as pipas vermelhas no céu.

Querida K., a vida passa e aquela amiga que brincava em um balanço não vai mais ajudar você a pegar o seu lanche na fila da merenda, em que todos passam na sua frente, fingindo que você não existe. Ela vai ficar para sempre com 8 anos no seu coração, e naquele chaveiro em que seu rostinho sério na 3×4 aparece a frente da parede azul da igreja. Não tem problema em não ter ido ao velório, já que se despediu dela no sonho, em que, mais uma vez, pegava merenda para você, sorria, te entregava e corria acenando um tchau.

Tudo bem você ter sentido um friozinho na barriga brincando com N com os pés no chão, embaixo da caramboleira, no quintal da casa de tio O, de mãos dadas brincando de namoradas. E não se avexe por ter contado a verdade para os adultos. Até mesmo no futuro, alguns não saberão lidar direito com isso. E, não tem problema em ter abraçado e beijado carinhosamente alguma pessoa que depois se tornou um porre, uma cachaça que bate errado. Talvez um dia esta ressaca passe.

Irão se passar 25 anos, e neste espaço de tempo, errar nas questões de múltipla escolha, escolher parcerias erradas, plantar arruda e vê-la murchar, colher hortelã graúdo que cresce igual a mato e vê-lo te deixar, cultivar meia dúzia de amizades e parentes, colher novamente gente se você resolver gestar ou adotar, mas isso só ocorrerá depois dos 30. Você verá gente pegando praga, gente que não bota fé na sua grama, e vamos seguir em frente, mesmo com medo do escuro. Sempre de cabeça erguida com a lanterna na mão.

Lembre-se, a mesma cabeça que dizem feia, onde foram arremessadas objetos, ou que teve os cabelos puxados, esta cabeça é o que você precisa proteger, podar e fertilizar. Continue com suas leituras, você não vai ficar doida de tanto estudar como praguejam. Talvez, poderá ir longe, expandir, disseminar sementes, conhecer mais os caminhos das suas raízes. Você vai perto e longe dentro de si, isso é certo. Não tenha pressa, não tenha preço, não esteja presa. Apreço, apenas.

Um dia vamos nos encontrar e poderemos ver o tanto de coisas que conseguiu colher por estes anos todos que você vai viver. Você disse uma vez pro pai que quer ficar velhinha igual a Dona M e que terá pitangas no quintal para dar às crianças como você e sua irmã. Você escreveu em um pedaço de papel que quando crescesse queria ser doutora, que queria voar igual a um passarinho Nuvem que soltamos da gaiola escondido de tio P. Que queria ser professora igual a pró L, que levou você na garupa da bicicleta, sensível como a pró S, que te emprestou os livros fantásticos quando percebeu sua curiosidade, gentil e saudosa como a pró Q, que sempre ofereceu a sua casa como guarida, e nos últimos dias pediu para enterrá-la aí perto mesmo não sendo daí. Saudosa e inesquecível como a pró R, que amava jogar Imagem & Ação e manter os cabelos como os nossos, e generosa como a pró A, que sempre botou fé em você e dizia que você era demais. Demais para tudo aquilo ali que um dia teria de deixar para trás.

Não se preocupe se você brinca de fazer rimas em vez de boneca. Nunca foi opção ter um coração que pede bênção e se mistura com palavras plantadas na terra e histórias contadas de bocas que soltem fumaça de fumo de rolo. Fique tranquila por verem que você faz xixi na cama mesmo grande, vai passar... Assim, você estará dizendo muito, sem nada dizer, aliás seu corpo continuará dizendo por muitas vezes, talvez com alguma doença autoimune no futuro, que você conseguirá ou tentará controlar. Mas precisa falar, falar e falar pro mundo.

Cuide para não carregar o mundo nas costas, afinal, hérnia de disco e bico de papagaio não são nada fáceis. Não se preocupe se um dia uma paixão quebrar seu coração em pedaços igual você quebrou aquele anjinho de louça da vovó que era lembrança da tia que se foi. Não se preocupe se você um dia sentir vontade de desistir. É ok sentir vontade de gritar em silêncio. Mas nas oportunidades de gritar bem alto, grite forte! Se ficar distante das pessoas que você ama, não se avexe, elas irão estar sempre perto. Suba em árvores, pegue as carambolas caídas, colha também as do pé com aquela vara que vovó te mostrou. Abrace os troncos, tome bênção das pessoas idosas, aproveite para descascar as laranjas sem ferir as cascas. Preste atenção em como sua mãe faz mudinhas de plantas, como suas tias rezam com as folhas, como fazem banhos e chás. Dance muito nas oportunidades que tiver e brinque também até gargalhar. Use a borracha para apagar os riscos atrapalhados e não desista quando alguém lá na frente colocar entulho nos pés da sua árvore do sonho. Pode chorar todas as vezes que um nó quase entalar na sua garganta. Você pode, de vez em quando, chover igual ao céu. Ou secar igual o sertão e ainda amanhecer gente. Amanheça sempre. Azul, cinza, arco-íris, colorido.

K, você também vai entender quando as coisas não saírem do jeito esperado, a vida não é fácil. E você nunca estará só.

Um dia você estará distante da camboleira, olhando para uma tulipeira, e aprendendo que será preciso colher balanços, adubos, ventanias, galhas, sementes-vagens, silêncios. Nada que você não tenha pintado no seu caderno de desenhos.

Regue-se.
Nos encontraremos em breve.
Com amor,
K.

nuvemnuvemnuvemnuvemnuvem
ventania tempestade
chuventochuvento

galha
folhinhaseca galha galha
folhaseca galhagalha folhinhaseca
galhagalha galhagalha
ganhagalha
troncauleseivatroncauleseiva
troncauleseivatronca
galhagalhatroncauleseiva
galhatroncauleseivagalha
troncauleseivatroncauleseiva
troncauleseivatroncauleseiva
troncauleseivatroncauleseiva
afetaguaduboterraizterraizterradubo
raizraioraizraioterraizáguaaduboterraiz
sementerraizterraizterraterraterra...

goiabeira

Entrava numa arena para uma luta em um campeonato que já estava perdido toda vez que tentava falar com ele. Família é um campeonato sem fim, anotei em um papel e grudei na porta da geladeira como um *detox* nutritivo para digerir toda vez que fosse comer. Não é possível ligar o foda-se quando se quer estar perto. Ele não era calvo e nem tinha feito a cirurgia das varizes e do ligamento do joelho quando me levava para a escola numa *Monark* branca de garupeira azul. Nunca esqueceu um só dia de me buscar na escola, de assinar meu diário das atividades, de contar histórias de cabeça de tempos sofridos do nosso povo, mas nas quais sempre apareciam princesas poderosas que se pareciam comigo e tinham nomes africanos e diferentes como o meu, todos os dias ele me lembrava que xuxangelianamaravilha também suavam, soltavam pum e tinham bafo de manhã e que eu não era anormal por causa disso. E uma vez me chamou num papo sério para que eu tomasse cuidado com o monstro mais traiçoeiro de todas as histórias, que era por causa dele que algumas coleguinhas não conseguiam ver beleza no meu diastema e na gengiva escura. Eu não demorei muito pra saber o nome do monstro.

Eu lembro o dia em que ganhei minha primeira *Monark* rosa-choque, meus pés não alcançavam os pedais. Sem fazer alvoroço, debaixo da goiabeira que ficava do lado de casa, tinha sua oficina quebra-galho junto com alguns livros, que mãe chamava de canto da bagunça, e o rei da gambiarra cortou quatro pedaços de isopor para colocar em cada parte do pedal. Ele não perdia a chance de mostrar seu talento incansável por improvisos criativos e chamativos mais conhecidos como armengues. Lá vai eu na minha bicicletinha rosa-choque com aqueles pedais brancos que só duraram a primeira queda para ele me abraçar, dizer que tinha um estoque de vinte e tantos pedaços já cortados, e limpar com água, sabão e o capiroto do merthiolate, os arranhões eternos que cobri um dia desses com uma tatuagem que ele fingiu não ter visto.

Mesmo morando em cidades diferentes, a gente se unia para assistir a todos os jogos do Bahia em casa ou na Fonte Nova, cortar as unhas com unhex aos sábados, tomar um menorzinho sem açúcar depois do almoço, comer carne de sertão com farinha dia-sim-dia-não, torrar amendoim impecavelmente, comprar jornal impresso para criticar ausências de coberturas nordestinas no editorial esportivo, ir às feiras livres todos os sábados para comer sarapatel ou mininico, chamar de lá ele, misera, ou desgraça, todos os bandidos metidos a políticos, torcer para se aposentar antes de ficar gagá e gostar de silêncio.

Essa menina foi batizada, fez primeira eucaristia, crisma, a porra toda e só fala em orixá, macumba, bozó, veste branco em dias de sexta-feira, até aí tudo bem, mas vir com essa de que se apaixona por gente, que num tem esse negócio de homem ou mulher, que gosta é da pessoa, vê se eu vou dar conta disso!? E a família?

Soube que ele sempre ficava em silêncio ou inventava uma história quando minha vida afetiva amorosa era o assunto, diz que diminuiu o café e que o médico suspendeu o sal, não comia mais carne de sertão, que nem gosta mais de amendoim torrado, e que se cansou dos impressos. Debochou com meu irmão: graças a Deus já estou aposentado, vou postar no meu tuíter! Essa misera de governo não vai acabar comigo não! Deve ter gargalhado mostrando a gengiva escura que herdei. Quando meu irmão perguntou se ele tinha falado comigo, pai contou a ele sobre o novo remédio da pressão e que tinha comprado um massageador portátil e uma bicicleta ergométrica que tem um encosto para a lombar.

No último Dia dos Pais, enviei uma carta. Lembrei de quando eu já era mocinha e ele foi à minha escola no Dia da Consciência Negra falar como não éramos descendentes de escravos e sim de pessoas que foram escravizadas, que africanos foram roubados das suas famílias, das suas terras... Fiquei tão orgulhosa quando todo mundo aplaudiu ele de pé. Na carta coloquei que, mesmo com a distância, eu sentia ele muito perto. Uma semana e ele não me respondeu. Até pensei que tinha acontecido alguma coisa. Mãe, meu pai recebeu minha mensagem? Recebeu..., ela escreveu inserindo estas reticências que me deixaram mais ainda cabreira. Depois de uns dias, eu chegando em casa na boquinha da noite, uma videochamada pelo celular:

Minha filha! Tá me vendo? Cê tá onde? Ah, tá em casa já? Eu li seu texto, viu. Como a vida passa rápido! Agora já nem pago mais passagem e nem pego fila em canto nenhum. [Ele riu mostrando a gengiva escura que fazia contraste com os dentes sempre alvos.] Fiquei calado uns tempos porque não sabia direito lidar com essa situação. Achei que podia fazer algo para ajudar você. Na verdade, tudo que podia fazer eu fiz. E acho que ajudei você a se tornar uma boa pessoa, uma mulher pé no chão, retada, que tem tanto a ensinar. Eu aprendo muito com você, desde que você é pequena. Você que é meu campeonato sem fim, menina! Tá pensando que não consegui ler a frase na *selfie* que fez na cozinha pra mostrar a sua mãe que colocou aparelho depois dos 35? Esse troço não é gatinho não, viu, mas fazer o quê, dente tem que arrumar mesmo, né, pra não ficar igual ao Beto de Luiza, um homem novo daquele, rapaz, sem um dente... [Debochou gargalhando e logo em seguida franziu a grande testa]. Eu te vejo no meu silêncio, minha filha. E não consigo pensar em você e nem em seu irmão sofrendo mais depois de tantas labutas numa vida que andamos muito mais que descansamos. Você engatinhou em chão de cimento aqui, ó, até chorou quando tirei o bigode, você se lembra? [Ele riu de novo, agora afastando o celular um pouco para pegar o menorzinho na mesinha de centro perto do sofá. Deu um gole no café.] Agora está aí, sendo sobrevivente nesse lugar esquisito que você escolheu viver. A vida é complicada, você sabe. Mas aqui é tipo uma base que você vai ter pra sempre, ninguém vai mexer com você e você pode trazer aqui a gente ou o gente que você quiser.

Lá vai eu voando para abraçar o velho. Consegui dois dias de folga no trabalho e corri para a casa onde é até hoje meu acalanto. O Bahia fez 3×0 na Fonte Nova em cima do Flamengo.

Agora sim está jogando de verdade! Bora lá no sítio para eu te mostrar o lugar novo da goiabeira, tive que tirar daqui porque as raízes estavam chegando perto do poço e também embaixo da casa, coloquei novos refletores no campo, o pôr do sol mais bonito é daqui e ficam dizendo que é lá onde tu mora, aonde já se viu!?, me cobraram uma fortuna para transportar a planta para cá, quero que tu veja a reforma do quartinho que fiz para colocar os livros que sua mãe chama agora de escritório, [riu um pouco], a rede ficou uma maravilha e combinou com a parede, né, a casinha na árvore que fiz pra Diego e Akili, tem cada passarinho diferente aparecendo, já viu aquele ali da cabeça azul?, trouxe essa goiabeira pra cá porque plantei ela um dia depois que você nasceu, o meu *notebook* não está ligando, o que será?...

E estávamos lá de novo no Posto São Luís, aguardando o ônibus sentido Salvador chegar para eu seguir.

água. (aprendi na prática que o que não é nosso a chuva leva. poeira, penas, toques e até alguns pedaços. já perdeu algum pedaço de si quando foi trombada por tempestades e ventanias? tem como sair ilesa? talvez nunca. mas te garanto que depois de alguns arco-íris estaremos mais fortes e resistentes quando tudo passar. sonhar em ser. sombra em um dia de muito sol, lembrança que a estação e o mundo caminharam. ser abrigo é também ouvir a chuva dentro da gente, alimentando a coragem. beber o que fica e passa quando vem a estiagem. se molhar com as gotas que pingam e deslizam no chão, (vi)ver a seiva nutrindo o interno e transformando tudo o que você não pode tocar.) cauleseiva raizraioraizraio terra terra...

coqueiro

Roberto nem fica mais surpreso quando chegam pacotes e mais pacotes, todos os dias, exceto quando chega um pesado sem nenhuma pista, nem declaração do que vem dentro.
Estou ligada que tudo que chega, Roberto já sabe. Uma vez ele me perguntou se eu lia aquele tanto mesmo. Gente! Como ele sabia? Talvez rolasse uma rabiada no que chegava. Ou era experiência de reconhecer o interior olhando apenas a superfície. Ou ainda de não conhecer o interior e julgar por quaisquer embalagens algo que seja como livros.

Nunca imaginei que comprar pela internet fosse mais saudável para mim, não por causa da pandemia, mas porque ninguém precisa me olhar feio, me seguir, fingir que não me viu dentro da loja, me confundir com vendedora, mesmo vestida com cores que nem se aproximam com a da farda delas, ter minha bolsa revistada, e eu ainda rodar, rodar e sair sem o que gostaria de ter comprado.

Pelo menos um pacote a cada dois dias é certo chegar por aqui. E olha a maravilha, o condomínio ainda envia um e-mail dizendo que chegou uma encomenda no meu nome, com o código tal, aí eu desço do terceiro andar pelas escadas com a alegria de vendedor de cerveja no carnaval quando sei que a caixa-pesada chegou.

Coloco a água do café no fogo antes de descer. Caixa-pesada é sempre retangular, caberia um micro-ondas do maiorzinho, talvez. Vem forrada em papel marrom com as letras do meu pai em preto, ele só usa bic preta mesmo depois de se aposentar, letras de forma, inclinadas levemente à direita, mas não totalmente, porque o pé da letra mesmo fica à esquerda. Eu sempre pego o que ele escreve e guardo numa pasta. Devo ter mais de 200 pedaços de papel com o meu nome escrito pelo meu pai nesses envios. Meu nome e sobrenome completos – o que pouca gente sabe.

Vou abrir a caixa. Calma! Mas antes pego nela, meio chorosa, abraço, sacudo de leve igual a um recém-nascido, e balanço a cabeça que nem Roberto ao checar o peso inacreditável. Sabe quando a gente emborca um pouquinho da boca para baixo e balança a cabeça tipo um sim? Roberto faz essa cara e eu faço a cara igualzinha a do Roberto e completo: que porra é essa que está pesada desse jeito?

Já experimentou abrir um coco com uma faca? Primeiro você tira a capinha verde, depois invade uma parte extensa de fibras, entre três e oito centímetros. Talvez a ponta da faca até quebre se for dessas pebas. Depois chega numa parte bem durinha, para depois mais uma capinha marrom e aí a carne leitosa e só depois brotar a água, que se der sorte estará docinha-docinha. Pronto, a caixa que eles embalam é exatamente deste jeito. Primeiro tem um papel que forra toda a caixa, depois uma caixa bem resistente, cheia de fitas adesivas com isopor e plástico bolha, para depois ter mais caixas fechadas dentro com mais sacos e isopor, para, por fim, as preciosidades.

Passo o café com coador de pano. Lembro que quando tia Maria comprava um coador de pano novo, ela fervia numa panela de água o novo com o velho para passar o gosto de uma vida inteira, para o novo ter a experiência do mais antigo. Abro a caixa.

Dois pacotes de beiju de mandioca embalados em sacolas e cercados daquelas bandejas retas de isopor em que colocam queijo no supermercado. Uma lata de queijo cuia com cocada-puxa dentro. Outra lata de leite em pó com mais cocadas, porque miséria não é com mainha. Cinco cocos secos de lá da roça embalados que nem presente em plástico filme transparente.

Aí é nessa hora que, com um beiju na boca e um gole de café, sinto cheiro da cozinha de vó, onde o telhado baixo e a chaminé do fogão de lenha me faziam desenhar na escola sempre uma casinha com chaminé e lembrar que na casa de vó tinha, e que não era para uma lareira igual aos desenhos a que assistia, mas para não fumaçar tudo dentro de casa que esquentava no fogão de lenha aceso, e que do terreiro dava pra ver a fumacinha cinza que pintava não encalcando o lápis de cor preto, porque na minha caixinha só tinha seis cores, que eu tinha que misturar e fazê-los durar até o fim do ano.

Pego um dos cocos, desembalo com maestria, na hora minhas mãos são como as de mainha e tia Zezé. Fogão de lenha acesso. Corro pro meu *cooktop*. Chaminé desentupida. Ligo o depurador de ar. O coco perto das brasas. Coloco o coco na grelha. E vai virando. Alguns estalinhos. Chuveirinhos de São João. Vira de novo. Chapiscos. Vira de novo. Chapiscos. Vira de novo. Chapiscos. Vira de novo. Chapiscos. Vira de novo. Chapiscos. Vira de novo. Chapiscos. Vira de novo. Vira de novo. Tira. Cuidado com os dedos. A magia do coco que é seco, mas tem água dentro, é entender que o óleo que está na água e nem parece que tem aquecerá as paredes de dentro. E tendo paciência de girar aos poucos, antes de quebrá-lo, a gente vai sentindo até ser tomada pelo cheiro de roça na cozinha de qualquer lugar. Cheiro da pele de vó, de mainha, de tia Zezé e de tia Maria. Cheiro de antes delas. Pego o martelo e um paninho para não sapecar os dedos. Marteladas de leve. Vira de novo. Outra martelada. Vira de novo. Outra martelada. Vira de novo. Outra martelada. Vira de novo. Outra martelada. Vira de novo. Outra martelada. Vira de novo. Outra martelada. Vira de novo. Quebrei e a água quente escorre da peneira pra panela. As cascas do coco saem completamente. Descasco a casquinha marrom que solta com uma faquinha que vou raspando de leve. E a carne alva do coco está toda pronta como presente para ser alimento. Semente preciosa afagada aos poucos para dentro, enquanto me agasalho com o restante da caixa.

Numa caixinha à parte tem ainda dois litros de licor de jenipapo feitos desta vez pela minha tia Maria e o azeite de dendê de Dona Lurdinha de Santo Amaro da Purificação que é o melhor que tem. Farinha de tapioca e mandioca compradas na feira que acontece lá às terças-feiras. Castanha que meu pai mesmo junta na roça, torra e quebra uma por uma com as mãos. Essas castanhas eu não ofereço a ninguém, é a forma como abraço e beijo as mãos dele. Ainda tem uma caixinha com crochês de mainha em formato de brinco, de marca página para livros: ela diz que precisa bordar bastante para ter para cada um que possuo. Tem pano de prato bordado por ela, jogo americano, toda vez uma novidade. Dessa vez teve também cachepôs para colocar as plantinhas.
Teve também biscoitos de nata que têm gosto de férias sem cheiro de viagem. A gente passava as férias em casa enrolando os biscoitinhos. Passávamos meses juntando natas para esse momento. Me lembra também das brigas por besteiras que eu tinha com minha irmã e mainha dizendo "vocês parecem cão e gato, ave-maria, que perturbação essas meninas!". Lembro também da gente fazer as pazes assaltando as latas de biscoitos na madrugada que mainha escondia e só descobria quando já era tarde, oferecia a alguém e passava vergonha. A gente já tinha

comido tudo. Besta é quem acredita que cão e gato não bebem no mesmo pote. Mais besta é cão e gato que fazem traquinagens e acham que vão achar petisco todo dia. Não tinha viagem nas férias, a não ser as de dentro. Era o "Deus te abençoe" e comida na mesa.

Toda vez que recebo as caixas vindas da Bahia, penso em um monte de eus e na música que sei de cor do Gil, que só existem junto às caixas enviadas com as letras do meu pai.

Tem coisa que não quero comer para não acabar.

```
                        nuvem
                                nuvem
        nuvem           vento vento
        chuvento vento
            folha folha folhinha
        folha folha galha galha folha
        troncauleseiva galha folha
            troncauleseiva
            troncauleseiva
            troncauleseiva
            troncauleseiva
águadubo terra raiz raiz raiz terra terra
terradubo terra raizraioraizraio terra
raiz raiz raiz terra raiz terra água raiz
raiz raiz raiz terra raiz terra água terra
raiz raiz raiz raiz raiz água águaadubo
terra raiz raiz terra terra raiz raiz terra
raiz terra terra terra raiz raiz raiz água
raiz raiz terra terra terra raiz água terra
terraiz  terraiz  raiz  terraiz  terra  terra...
```

planta de oração

Nunca pensou que ia viver tanto pra dentro. E que aprenderia que o tamanho de uma folha não diz tanto de sua importância no mundo. Que uma árvore sozinha não faz floresta, mas pode ser o começo ou a lembrança de uma. Ter encontrado Amaranto antes disso tudo acontecer fez Cosme repensar no tanto de medo que teve de perdê-lo, porque além de tudo, eram colegas de trabalho, e se declarar seria um risco.

No fim do verão, Amaranto, botando fé na própria ousadia, depois que Mirela garantiu que existia um arsenal de vontade de Cosme por ele, abriu também o jogo que estava há anos guardado e atirou todos os frios e calores para o número de Cosme, e encomendou também duas plantas para quem sabe iniciar uma conversa mais profunda,

se eu não tivesse medo de perder você
eu te beijaria na Brigadeiro
e teria gosto pelo menos de café e doce de cupuaçu raro de encontrar
que sorte seria a minha
bem nessa hora

a garoa assistindo
e o povo seguindo
em suas vidas remotas
cheias de corres e estações
vazias de horas

se eu não tivesse medo de perder você
eu não falava de sanfona e dos perigos
de um abraço molhado
nem de araras e cajus e dos meus esconderijos
em vez do mirante
eu te levava para sentir cheiro de alecrim
em águas quentes para você que é fluida se espalhar
cuidava dos seus pés compridos
e passeava com óleo de coco por todo seu corpo
molharia seus poucos cabelos
e talvez seus muitos pensamentos

pra não esquecer de outro novembro
em que você me incentivou a tirar
morcegos
encostos
tristezas
autofotos
de uma varanda que só existe na memória
você lembra da bicicleta
do café da esquina
e da câmera velha
lembra do quase

se eu não tivesse medo de perder você
teria lambido seus dedos antes de voar naquele dia
teria te abraçado como nunca possível
e talvez tanta coisa não tivesse sido
talvez até já tivéssemos nos perdido
a ponto desta poesia não existir

outras existiriam
outras tantas sobre o que sonhei
sobre gozar sem nem ter podido te cheirar direito
sobre tocar na mente sem nem ao menos ter te cheirado
por inteiro
sobre dançar forró contigo
sobre rio branco vatapá dividido no prato dormir no
mesmo chão hotel sem nem pegar na mão tomar ônibus
comer banana chips ver cobras das mais venenosas no parque desistir da trilha sem nem saber o porquê... intuição?

se eu não tivesse medo de te perder,
não teria receio de te chamar para viver
dos lados de cá ou dos lados daí
num samba, na Indonésia, na África do Sul, num curso
de verão, no Acre dentro da floresta amazônica, em viagens nossas combinadas em pensamentos e nunca feitas
e em tantos lugares que vou
só e lembro
se eu não tivesse medo de perder você.

você me manda aquela foto nossa no espelho?

P.S. Cosme, espero que você goste das plantas que te enviei hoje. Elas nos avisam que mesmo que nos fechemos, abriremos no dia seguinte. Os ciclos passam, correm, circulam, e podemos nos erguer quando tudo parece desmoronar. Observe a janela-de-catedral, veja como ela não tem medo de falar cores, de *pavoar*, se espalhar, abrir os horizontes, mesmo não precisando tanto de luz vibrante, de sol estampado na cara, de tanto aguar. A planta de oração também mostra todas as suas faces no mesmo dia, sem nunca precisar se esconder em nenhum lugar, apenas da terra úmida, nunca encharcada, nada de excessos. Espero que você aprenda a lidar com elas, que carecem de cuidados pontuais, muito mais apreço. Sinto muito por ter tido medo estes anos todos. Espero que possamos sair para nos conhecermos melhor, para além destes encontros enquanto colegas de trabalho. Com carinho, Amaranto.

Cosme conseguiu ler as mensagens do hospital, sorriu, mas não chegou a responder.

ventania

                                        tempestade

vento

terra terra terra terra terra terra terra
terra terra galha galha terra terra terra
terra terra galhagalha terra terra terra
galhagalha ganhagalha galhagalha
troncauleseivatroncauleseiva terra
troncauleseivatronca galha galha
galhagalha galhagrossa semente
terra galhagalhatroncauleseivaterra
galhatroncauleseivagalha terra
troncauleseivatroncauleseivaterra
troncauleseivatroncauleseiva terra
troncauleseivatroncauleseivaterra
afetaguaduboterraizterraizterradubo
raizraioraizraioterraizáguaaduboterr...

dendenzeiro

Será que morar nesses prédios de janela maxim-ar, dessas que abrem para a frente, tipo basculante, é melhor que nos de janela tradicional que abre para o lado?

Empurrar a janela para a frente garante uma fresta no meio da parede que quando vem a chuva não molha dentro. Mas não poder colocar a cabeça e as mãos para molhar em tempos que chove uma vez no ano nessa terra seca seria avassalador.

Outros pontos negativos da janela que empurra: o local fica mais escuro, a luz entra filtrada e não ver a cor do céu com o azul real é uma lástima, com toda a certeza. Perder o cinza em dias nublados é de matar. O ar não circular direito também, imagina, quando ligar a grelha de ferro para fazer aquele peixinho, a fumaceira que não vai fazer.

Josiane não vai comprar o apartamento. Com esse tipo de janela, duvido. Não conseguirá tomar parte da vizinha de cima, nem poderia colocar sua panela de fora para bater em manifestações brasilienses. Outro ponto negativo desta janela que empurra é pensar que ninguém vai te dar tchau e nem dará para ver o gato dos vizinhos passeando pelo parapeito da janela. Tampouco dará para receber uma serenata ou colocar aqueles carros de som para mandar aquela homenagem cafoninha e fofa em outra pandemia.

Sim, menina, acho que não vai rolar esse apartamento, não. O corretor me mostrou, mas achei esquisitas as janelas. Deixa eu te contar, advinha quem entrou em contato? O embuste do Silva, que pensei que já era falecido, entrou em contato comigo puxando papo de uma fotografia tão nada a ver:
– Sempre chegamos ao sítio aonde nos esperam. José Saramago.
Gente! Por que assinei um marcador de livros com uma frase dessas? Não sei o que mais acho graça da minha letra que mudou tanto, o fato de eu ter sido tão calculista na mensagem de aniversário atrás do marcador, porque só coloquei assim ó "felicidades hoje e sempre" e assinei Josiane Gomes do mesmo jeito que assino os receituários dos pacientes. Pior ele me enviar algo de 20 anos atrás. Pois é...
Tenho que desligar, a comissária já veio aqui. Chegando em tia Lu, te ligo. Apareça lá mais tarde.

Cada vez que Josiane abria as mensagens que esse ex enviava, sentia agonia que não só era maior que a que tinha de porta-retratos e de janelas que empurram.

Estante de mogno, sofá com capas vermelhas e babados nas pontas com biquinhos de macramé, almofadas de cetim amarelas e vermelhas, mas à esquerda um barzinho com bebidas vencidas e outras garrafas com um dedo parecendo dizer "sei que o rótulo já não é mais o mesmo, sei que nem existe mais, mas nos deixem aqui para dizer que já bebemos destes whiskies e destes runs".

Na casa da tia-avó tinha dois aparadores, daqueles que têm espelhos pregados na parede. O mais intrigante é que eles não aparam ninguém e nada que as pessoas trazem da rua.

Aninha com aquela cara agonizante de choro, tia Zezinha com o cabelo bem Chitãozinho e Xororó, tio Toni de bigode e óculos quadrados, o padre com os olhos vermelhos estourados mirando a água na cara de Aninha. Zinho, Uli e Josiane sentados no sofá da casa de dona Marota em um caruru de sete meninos e, ao fundo, aquela trinca de quadros de uma menina na neve. Dona Marota quase não vê chuva no sertão. Marluce na micareta de Feira de Santana com mamãe-sacode e um rapaz que ninguém sabe o nome. Robertinha e Joalisson ao lado de Carlinhos Brown em um camarote em Salvador. Casamento de Robertinha e Jonas. Casamento de Joalisson e Luciana. Fotos de todas as formaturas e batizados. E mais uma foto, que é a que mais Josiane tinha agonia: a do nascimento dela, ao lado de sua mãe, Maria de Lourdes e sua irmã gêmea morta, Joana.

Josiane detestava passear por aqueles fragmentos estourados, com pedaços grudados no vidro seco. Algumas fotos estavam tão grudadas que seria impossível tirá-las daqueles porta-retratos de quase meio século. Na verdade, ela tinha agonia de coisas por trás do vidro.

Tia Lu, pra que essas fotos aleatórias aqui? Já disse que não queria nada com minha cara aqui. Já faz tanto tempo, tia. Vamos tirar essas fotos, mudar um pouco o ar dessa casa? E seus exames, cadê? Por que não me enviou pelo WhatsApp? A senhora está aprontando o quê, dona Lu?

Lu, na verdade, era Luzia, a tia-avó que criou Josiane depois que sua mãe descobriu já tardiamente um câncer de mama quando ela tinha 12 anos e Joalisson, seu irmão mais velho, 15. Foi um período tenso naquela casa, se desfazer de tantos pedaços... Lu amava os sobrinhos-netos e assumiu a função porque amava igualmente a Lurdinha, que se fora cedo. Ela tinha aquelas fotos como amuletos da casa. Ninguém podia sonhar em pegar uma relíquia daquelas, eram preciosidades para Lu. Talvez por estar só, era uma maneira de matar a saudade dos tempos ou de deixar aqueles tempos paralisados para parecer que não passaram.

Não vou tirar nadinha, Josi. Nadinha. Você viu que mandei trocar o piso da área de serviço? Desta vez não foi serviço sujo, graças a Deus, o rapaz que veio botar o piso fez tudo direitinho e nem foi careiro. Foi seu irmão que ajeitou esse rapaz para vir aqui. Todo direitinho ele. Sim, minha filha, você já foi ver o apartamento novo, vai mudar mesmo daquela casa? E Silva, cadê? Está entrando em contato ainda? Sua prima me contou. Ele é um menino bom...

Joalisson de sunga azul com medalhas no campeonato de natação, Lurdinha grávida de jardineira na Pedra das Sereia e o mar atrás. Lu e todos os sobrinhos no Shopping Iguatemi e a árvore de Natal. Um aninho de Laura. João vestido de leãozinho. Josiane na formatura de medicina com o canudo na mão. Joalisson na formatura dos bombeiros.

Josiane no último dos dez dias de férias na casa da tia, infringiu o maior dos crimes possíveis, e não pensou duas vezes quando passeando pela última vez antes de chamar o Uber pegou a foto e colocou na bolsa antes de ir para o aeroporto, carregando também um ar de culpa do roubo que lhe daria pena perpétua no coração da velha.

Ao chegar na casa, o porteiro do condomínio falou que seu Silva passou para tirar umas caixas do armário da garagem. Deixou um bilhete, em cima do aparador da sala, sem espelho, "Josi, obrigada por ter guardado minhas coisas. Aproveitei para pegá-las e organizá-las agora que estou de férias. Desculpa por deixar por tanto tempo aí contigo. Me ligue quando voltar de viagem, vamos tomar um café. Beijo, Silva".

Hum, engraçadinho. Agora quer tomar café, antes era minha casa. Quem te viu, quem te vê, Silva.

Josiane amassou o bilhete e antes de deitar na cama, colocou a mão na bolsa e pegou a fotografia, olhou que ao fundo dela, da irmã e de sua mãe, que sentava numa cadeira de praia, tinha alguns coqueiros, umas árvores, talvez pé de licuri, que quando era criança quebrava com Joalisson. Quando olhou bem perto para tentar desvendar que planta era aquela, percebeu que tinha algo escrito no verso. Na tentativa de remover a tampa do porta-retrato o telefone tocou, era tia Lu. Ela havia descoberto.

Tia, peço mil desculpas por ter pegado a sua fotografia. Não sei o que aconteceu, mas fiz isso sem pensar muito. Talvez por ser a única forma de ver minha irmã mais nítida do que eu, talvez por ela sempre...

Minha Josi, tudo bem. Eu sabia que isso ia acontecer, assim como sei só de olho se um dendezeiro dá fruto de quatro olhos ou de três. O que importa é que você entenda para o resto de sua vida que às vezes o vidro que você acha tão ruim guarda mais que rostos paralisados pela morte do que os borrados pela vida. Nem tudo que parece aprisionar, pode aprisionar quem voa, minha querida. Tenho de desligar. Chamaram aqui. Depois nos falamos.

Desliguei. Consegui arrancar o fundo. Tirei a foto do porta-retrato, atrás tinha uns escritos de mamãe que dizia,

filhas,

um anjo e um passarinho,
amo vocês,

com amor, mainha.

Um desenho de quatro corações dentro de um círculo ou uma semente no cantinho.

Ligou para a corretora e resolveu ficar com o apartamento com as janelas maxim-ar, porque na pracinha que fica na frente do prédio, junto a um parque em que crianças revezam brincadeiras o dia inteiro, plantaram umas árvores parecidas com as da foto, talvez isso a ajude a descobrir.

corágua
troncauleseivatroncauleseiva
troncauleseivatronca
galhagalhatroncauleseiva
galhatroncauleseivagalha
troncauleseivatroncauleseiva
troncauleseivatroncauleseiva
troncauleseivatroncauleseiva
troncauleseivatronca
galhagalhatroncauleseiva
galhatroncauleseivagalha
troncauleseivatroncauleseiva
troncauleseivatroncauleseiva
troncauleseivatroncauleseiva
afetaguaduboterraizterraizterradubo
raizraioraizraioterraizáguaaduboterraiz
sementerraizterraizterraterraterra...

nogueiras, pereiras, moreiras, oliveiras

e outros porqueiras que vieram de além-mar. E daqui também.

Uma vez conheci uma Nogueyra que era bonitinha, tinha uma cara clarinha&franjinha. Quando éramos crianças ela vivia me chamando para sair com ela, tomar caldo de cana, comer pastel de carne na feira. Íamos na barraca de CD's piratas para ela comprar dos artistas assim, parecidos comigo, embora ela tivesse todos os originais de um pessoal parecido com ela. Embora ela tivesse todas as bonecas e roupas de marca, e eu imitações e roupas do Shopping Poeira. Embora ela tivesse sempre de recuperação no final do ano, e eu passasse direto, ela adorava me reprimir quando eu falava merda, mesmo quando era merda, muita merda. Ela era a Nogueyra10, mas o pessoal mais próximo chamava ela de Nogueyrinha, de uma família muito grande que morava em tudo que era lugar, principalmente em Salvador e em São Paulo. Seu primo Nogueyra8, Nogueyrinho, porque era um tal de inha e inho, era um funcionário público que tinha fama de inteligente e estruturado. Uma vez ele encontrou Dália na Estação da Luz em São Paulo e fingiu que não a conhecia por medo que Dália contasse pra geral que viu ele aos beijos com um rapaz, não sabendo ele que Dália diz a todo tempo que veados&viados&viades sempre vencem.

Eu fiquei muito tempo sem encontrar Nogueyirinha, até que um dia bateu uma saudade do tempo que íamos nas barraquinhas da feirinha, e fui lá, e não é que eu a encontrei! Ela falou para mim: Fui visitar Nogueyrinho, e ODIEI onde ele mora agora, lá só tem viados. Só vi viados em EssePê.
Eu e Dália ficamos em choque. Dália me falou assim, daquele jeito dela – Jurava que ela era viadx também. Não sabe o que está perdendo! Uma pena! Ela falar assim que te odeia na sua cara, que coisa, hein, Migs!
Só lembro da risada desconfortável de meu papai-Carvvvalho tentando interagir, e do papai-Nogueyra-dela correndo igual criança que aprende a andar, tentando chamar a atenção para um conhecido que acenou lá do mercado, e mudar o rumo daquela prosa com jeito de leite cortado. Deixa eu chamar aqui Dália para ela te contar.

Migs, eu conheci um Pereyra que não era tão bonito, você sabe que olho mesmo é o interior de cada pessoa. Está bem, ele era feio, olhos cor do céu, tinha bom coração, apesar da conversa sovina e oleosa. Ele nasceu numa terra que dizia ser braba. Muito braba mesmo. Seca, braba, valente. Dália, vou te levar para apresentar minha família, mas não fica com medo não que o pessoal não vai te tratar mal se você for mansinha – ele falou assim comigo – ah, e disse, vá de cabelos alisados&escovados, e pelo amor de

Jesus&Maria&José, não corte de jeito nenhum. Minha avó é crente, não gosta de mulher de cabelo curto&de roupa curta&o principal, não gosta de preto que parece preto, mas ela criou um moço preto que é como se fosse da família. Acredita que ele é até um Pereyra, mas não é dos mesmos da gente não, o Pereyra dele é de lá do outro lado da pista. Quando a família braba e valente me conheceu e conheceu minha família, foi uma festa. Papai, que é preto&preto foi comigo. Chegamos lá de black&power&carro. A avó-Pereyra disse que papai-De--Oliveyra era o homem mais bonito que ela já tinha visto. E que nem era tão preto assim&que eu era moreninha.

Dália, você sabe que aquele vizinho, Pinheyro... Acredita que ele trouxe um amigo, Moreyrão, que queria só sair comigo. E que queria ao mesmo tempo, achar *uma menina dessas*. Ele dizia, ah, é para fazer faxina e morar na casa da mamãe-Moreyra, já que não tem quem fique lá fazendo companhia a ela. E Moreyrão estava injuriado que o governo, com esses dinheiros que distribui, não estava deixando moça nenhuma mais ficar igual tia Lucília, que teve de ir pro Rio Vermelho, ainda menina, desafiar o Moreyra-pai que vivia procurando ela durante a noite quando ela descansava no seu quarto, sonhando com o dia em que iam pagar o seu pé de meia para ela voltar pra terra dela e comprar seu canto. Ele dizia para a esposa que ia olhar o jardim, mas ficava na porta do quarto chamando tia Lucília e pedindo para ela não contar para ninguém. Nojento!

Moreyrão era muito gente boa, ele era querido, falava manso, muito solícito, todos nós lá de casa achávamos um cara de bem, mas ele conversava indignado. Como um governo pode deixar uma *menina dessas*, rapaz, que a gente conseguia fácil levar para a cidade, estar com graduação, especialização, cursos e mais cursos? Agora é salário, remuneração, direito disso e aquilo. Antes era tranquilo arranjar uma para cuidar das tias, mas agora é uma fortuna, tudo agora tem que assinar a carteira, uma besteirinha para fazer é uma facada. Choro atrás de lamentação sem fim, e ele nem tinha mau hálito, e ajudava tia Lucília a subir as escadas com as compras. Ele sempre falava: Como um governo desses fez isso, não é tia, e hoje a gente não acha mais uma menina dessas... Tia Lucília, que também tinha árvore no sobrenome, tinha sido uma menina dessas e, com certeza, sabia muito bem o que Moreyrão queria dizer.

Migs, sou uma De Oliveyra porque, como você já sabe, esse sobrenome não é bem da gente, né. Mas deixa eu te contar a última, conheci um Oliveyra daqueles que dizem por onde passam que têm brasão e mostram logo como se fosse o RG onde chegam. Quando morei em Portugal, ele chegou todo organizado, desejando ser meu orientador, disse que queria me ajudar no que eu precisasse, pois era professor universitário. Ele tinha uma fazenda imensa de oliveiras, por isso o nome, e que ia me levar lá para que eu conhecesse, e que pudéssemos conversar sobre os projetos. Me convidou para a casa dele, e quando cheguei lá, carregando um vinho do Porto, afinal os De Oliveyra ensinaram a não chegar de mãos abanando em lugar nenhum, ele se fez de desentendido e disse pra esposa, baixinho, que nem sabia que eu iria aparecer naquele dia, com uma cotoveladinha-sorridente, e que não, não sabia que eu iria chegar assim naquela hora do almoço e que ele achava que tinha falado comigo, mas... Ainda assim me receberam bem, estilo família-feliz bem resolvida, amável e acolhedora com toda aquela etiqueta&guardanapodepano&pãonamesa, ora pois! Porque nãotinhajeito&ficoumeiofeio&melhor tentar abafar. No mesmo dia me levou para um campo de oliveiras, disse que amava o Brasil, que o pai-Oliveyra-do-brasão dele morou cá uma época, tinha muitas terras que havia herdado do avô-Oliveyra-do-brasão, que era um homem bom e ajudou dando trabalhos em troca de comida&cantinhopradormir pra muita gente da minha terra. Se eu quisesse, estava tudo bem, que procurasse ele, especialmente, quando a esposa não estivesse presente, que ele iria me mostrar o paraíso e me ajudar até quando eu quisesse.

Alguns indivíduos não sabem de nada, tampouco do valor de carregar um sobrenome de árvores.

Migs, se fossem só de árvores que não soubessem...

                ventania tempestade
    vento
                    galha
                galha galha
                galhagalha
                galhagrossa
                galha galha
                galhagalha
            galhagalha galhagalha
                ganhagalha
        troncauleseivatroncauleseiva
          troncauleseivatronca
        galhagalhatroncauleseiva
        galhatroncauleseivagalha
        troncauleseivatroncauleseiva
        troncauleseivatroncauleseiva
        troncauleseivatroncauleseiva
    afetaguaduboterraizterraizterradubo
    raizraioraizraioterraizáguaaduboterraiz
      sementerraizterraizterraterraterra...

sumário-floresta

Limoeiro (*citrus limonum*)
Existiram e existirão por onde passar. São árvores pequenas, de folhas persistentes que se ramificam. Flori, dá frutos, quando estão em solo leve adubado. Entre seis e nove meses frutifica, mas pode teimar para dar frutos. Mas se você cuidar, prestar atenção ao seu solo, aos seus galhos, a seiva irá nutrir tudo e poderá se surpreender.

Jambeiro (*syzygium malaccense*)
Morei nos pés de uma ladeira que tinha um jambeiro. E lá de cima, no tempo de floreio, parecia um tapete rosa para receber as pessoas que tinham que subir ou que estavam se preparando para descer. Sorte. O jambeiro lembra que o acalanto nem sempre está só na embalagem. Já viu a preciosidade da semente de um jambo? Já viu o tapete rosa lembrar que nem tudo que queda no chão é sujeira?

Pé de milho (*zea mays*)
Dos frutos mais consumidos no planeta. O que me encanta é o sabugo, foi boneca de vovó, de mamãe, e, durante muito tempo, foi a planta mais risonha que abrigou a minha memória. Sustentou muita gente que veio antes de mim e de você, provavelmente. Beleza é vê-lo

ser pipoca, transformar-se com o afeto e a generosidade do calor. Lelê, mingau, olha a pamonha, curau, canjica na Bahia não é mungunzá, angu com tudo é capaz, ele cozido, polenta às vezes, broa, bolo molhadinho ou sequinho de fubá. Uma ideia boa é aquele cuscuz quentinho com café no jantar. (Mil)agre.

Jabuticabeira (*plinia cauliflora*)
Planta que o fruto nasce no tronco da árvore. Das invenções mais curiosas em termos de tecnologia. Sempre achei incrível o caroço desta fruta, de tão gostosa que é, às vezes, passa despercebido. Já pensou uma árvore saindo do umbigo?

Castanheira-do-maranhão (*pachira aquática aubl*)
Tipo caviar, nunca vi, nem comi. Eu só ouço falar que teve duas na frente da minha casa, mas Deus me livre de fofoca! Foram cortadas e nunca mais vi em nenhum lugar. Será?

Umbuzeiro (*spondias tuberosa*)
Sagrada no sertão, não existe caminhar por ele sem avistar uma árvore dessas. Tem gente que até tenta, mas é improvável passear pelo sertão nordestino e não se deparar com um perfume tão adocicado e azedinho. Vive uns 100 anos e morre lúcido, sabendo de tudo que viu, conhecendo as cobras todas que fizeram nele morada e outras que colheram e partiram mal-agradecidas sem olhar para atrás.

Mandacaru (*cereus jamacaru*)
Pode ser sertão ou cerrado ou até litoral, mandacaru sempre será resistência.

Ipê (*handroanthus albus*)
Precisa ser muito retado para aguentar um chão que não é fácil viver. Ipê de todas as cores, em especial o amarelo, traz acalento após o inverno para a cidade-concreto e todos os cantos do Brasil que têm a chance de vê-lo sorrir.

Algas marinhas (*chlorophyta, phaeophyta, rhodophyta, etc.*)
Cabelos de odoyá para alguns podem ser. É quem mais se reproduz dentro do mar, e provavelmente quem te faz respirar com sucesso, por liberarem, sem você fazer nada, uma quantidade imensa de oxigênio. Pensar que algumas pessoas ainda poluem os mares e os rios...

Caramboleira (*averhoa carambola*)
Quando corta parece estrela. Agridoce, até hoje ocupa um espaço no quintal de uma das minhas cartografias guardadas na dobra. Carambola tem cheiro de banho de cuia no quintal. Cheiro de corpo inteiro com nódoa do caldo, de lavar os pés com escovão para tirar toda a lama da cozinha-brincadeira com pedaços de frutas caídas e terra.

Goiabeira (*psidium guajava*)
Pode ficar mais alta que casa de dois andares, a madeira é resistente. Galhas caídas podem ser utilizadas para serem cabos de ferramentas. Talvez por isso uma oficina

embaixo? Subia nela porque era o esconderijo mais generoso que achei, enfeitado com flores brancas com chuvinhas amarelas. Resistente, germina em diferentes tipos de solo, gosta do calor, de afeto e de ver a casa dos vizinhos. Os frutos são doces, não poderia ser diferente.

Coqueiro (*cocos nucifera*)
Terra, mesmo quando as raízes fazem uma árvore tão grande voar. Carne, água, casca, pedra, folha, arma, sombra, varal, prendedor de redes, escalada, adubo, aquecedor, cuia, alquimia. Ser coqueiro é poder tudo. Mergulhar no azul, cinza, areia, retidão ou envergar. Catar coquinho, às vezes, é respiro, meditar, curar.

Planta de oração (*maranta*)
nem digo muito
elas agora estão dormindo ou meditam rezam
enquanto eu escrevo aqui
elas amam descansar à noite então vou ficar na minha.
movimentos de águas
barulho que só escuta quem está dentro
quem entende que silêncio fala
baixo e devagar é tempo
que respeita o espiralar dos que sempre estarão para além dos ventos
estampas nervuras ondulações de pensamentos
sombra e raízes de pequenas florestas dentro
de onde estou sou
casa chão

ser tão raiz
ser tão hora
ação planta
janela da terra

Dendenzeiro (*elaeis guineenses*)
– Olha lá, tia, o licuri vermelho e preto!
– Não é licuri não, é dendê!
– Oxe, como assim não é licuri? Ó os coquinhos lá, ó!
– Menina, nem toda palmeira é licuri. Existem várias, e esta do dendê veio de um próximo-distante, chegou junto com os nossos ancestrais do outro lado do mar. O licuri, aquele do coquinho que vocês quebram lá na pedra e comem, é nosso também, do nosso sertão de cima. Repare: as duas palmeiras são parentes. As duas têm óleos, têm os interiores brancos, têm frutos pequenos, mas não, não são iguais. Terras, canções, sabores e origens iguais e diferentes, entende? Pontes, danças, flores, cestos, chapéus, sacolas, partilhas, balanços de agora e de antes.
– Já sei! As duas palmeiras-irmãs têm coração e gosto de uma saudade parecida, né, tia? Elas existem cada uma do seu mundo, mas se unem nas memórias porque, quando vi essa de cá, lembrei da de lá.

Nogueiras (*juglans regia*)
Pé de noz, dos frutos mais seguros, das madeiras mais pops. Imensidão. Vi muitas dessas árvores em outras terras e em alguns jardins botânicos. Nunca vi no quintal de ninguém.

Pereiras (*pyrus*)
Arrancar do pé e comer foi talvez o melhor saque que realizei na vida. Nada se enquadra a comer uma pera docinha. Na infância, foi minha fruta preferida, depois perdeu o lugar para outras que não revelarei para que ninguém desconfie que eu possa desfalcar essas frutas das suas casas.

Amoreiras (*morus*)
Tem amor dentro da árvore. Doce, uma fruta que ficava perto do muro, fiel, nunca dava nada para o vizinho, ao contrário do mamoeiro, que sempre traía quem tanto lhe adubava. Pessoal mais velho dizia lá em casa que a folha de amora é boa para limpar o sangue.

Oliveiras (*olea europaea*)
Carrego e sou dela. Desafio conter uma árvore tão poderosa junto ao nome de registro. Oliveira, além de ter um fruto resistente e versátil, tem ramos cobertos de folhas em formatos de lanças. Pode crescer um prédio de cinco andares, ama calor e frio. Carregar um (sobre) nome de planta, deveria dar direito à pessoa de conhecer a sua própria raiz. Sonho.

Às/aos que vieram antes, pelos ensinamentos das terras e das águas. Ao sertão, recôncavo e cerrado, casas, caminhos, escolas, encruzilhadas. À minha família pelas partilhas de plantas-orações-palavras. Às leituras e regas afetuosas de Fernanda Pinheiro. À Tatiana Carvalhedo pelas convoc(ações) preci(o)sas. Ao Marcelino Freire e à Simone Paulino pela cumplicidade neste plantio. Aos re/des/encontros com tanta gente que conta, troca, abraça, aduba, trança pensamentos aqui, ali e no espiralar do tempo.

© Editora Nós, 2022

Direção editorial SIMONE PAULINO
Editora RENATA DE SÁ
Assistente editorial GABRIEL PAULINO
Projeto gráfico BLOCO GRÁFICO
Assistente de design STEPHANIE Y. SHU
Revisão JORGE RIBEIRO
Produção gráfica MARINA AMBRASAS

Imagem de capa LARISSA DE SOUZA
O cajueiro, 2021, 101 × 123 cm.
Tinta acrílica, folha de ouro e lápis de cor sobre linho.

Texto atualizado segundo o novo
Acordo Ortográfico da Língua Portuguesa.

1ª reimpressão, 2024

Todos os direitos desta edição reservados à Editora Nós
Rua Purpurina, 198, cj 21
Vila Madalena, São Paulo, SP | CEP 05435-030
www.editoranos.com.br

Dados Internacionais de Catalogação na Publicação (CIP)
de acordo com ISBD

M554p
    Mercês, Calila das
    Planta oração: Calila das Mercês
    São Paulo: Editora Nós, 2022
    144 pp.

ISBN 978-65-86135-69-5

1. Literatura brasileira. 2. Conto. 3. Calila das Mercês.
I. Título.

2022-2715   CDD 869.8992301   CDU 821.134.3(81)-34

Elaborado por Vagner Rodolfo da Silva – CRB-8/9410

Índices para catálogo sistemático:
1. Literatura brasileira: Conto 869.8992301
2. Literatura brasileira: Conto 821.134.3(81)-34

Fontes REGISTER*, TWK EVERETT
Papel PÓLEN NATURAL 80 G/M²